両手が束ねて頭上で押さえこまれ、甘楽のもう片方の手が器用にパジャマのボタンを外していく。

RDC
—レッド ドア クラブ—

水壬楓子《みなみふうこ》

ILLUSTRATION
亜樹良《あきら》のりかず

CONTENTS

RDC
—レッド ドア クラブ—

RDC
—レッド ドア クラブ—

それは遠目にも鮮やかな赤い色のドアが目につく家だった。

住宅街の真ん中にある一軒家。だが、敷地はかなり贅沢《ぜいたく》な広さなのだろう。

大きな木はあまりないが、美しい緑がうっそうと茂っていて目に優しく、手入れも行き届いているようだ。

建物は石壁と赤《あか》レンガのしゃれた外観で、優雅なカーブを描く鉄の門から、相当に広い庭が建物の裏まで広がっているのがわかる。

おそらくは三階建てで、庭が広い分、こぢんまりとして見えるが、普通に考えれば立派な豪邸である。どういう造りになっているのだろう、張り出した二、三階の壁からはところどころ、空中庭園のように緑が顔をのぞかせていた。

――なんだ、ここ……？

と、前を通るたび、古葉直十《こばなおと》は横目にしていたものだ。

隠れ家風のレストランかとも思ったが、看板のようなものは何もない。

個人の一軒家――なのかもしれないが、それにしては生活感がなかった。優美な鉄門を透かして遠くに見える、おそらく玄関だろうかなり大きなドアは一面の渋い赤で、それも一般家庭としてはめずらしい。気がする。

表札らしきものも出ておらず、ただ門の横に飾り文字で「ＲＤＣ」と打たれた金のプレートがついているだけだった。

会社名にしても、何をしているのかまったくわからない。

日中はひっそりとして、人の出入りもほとんどないようだったが、夜になるとちらほらと中年の男が入っていく姿を何度か見かけたことがある。スーツ姿の、貫禄ある社長とか重役然とした雰囲気の男たち。

それがいかにもあやしげで。

――おっさん連中が集まる秘密クラブか何かか……？

と、直十はうさん臭く思っていた。

とはいえ、駅から自分の安アパートへ帰る途中にある家、というだけで、直十にとってはまったくなんの関係もない。

……はずだったのだ。

今日、この時までは。


平日の夜。七時過ぎ――。

使いこまれてあちこちすり切れているデイパック一つを片方の肩に引っかけ、直十はとぼとぼとアパートから駅への道を歩いていた。

春先とはいえ、この時間では少し肌寒い。

くたびれたパーカーの前をかき合わせながら、直十は深いため息をついた。

——どうしよう……。

勢いでアパートを飛び出したものの、さすがに絶望的な思いになる。

田舎から出てきて三年。とりあえず服飾系の専門学校を出た直十だったが、何のコネもなく、この不況もあってまともな就職口は見つからなかった。

バイトを掛け持ちしてどうにか食いつないでいたのだが、それも今日クビになり、アパートの家賃はすでに半年分をためていて、ついさっき大家と大ゲンカをしたあげく、荷物をまとめて飛び出してきてしまったのだ。

父親はずいぶん小さい頃《ころ》に死んだらしく、ほとんど直十の記憶にはない。そして母は五年前に事故死し、そのあとは叔母夫婦のところに引きとられた。が、義理の叔父があからさまに迷惑がっていたし、折り合いは悪かった。いくらかあった保険金は、学費と生活費ですでに使い果たしている。

つまり、頼るべき実家はすでにない。帰る田舎すらない。

——まずい……。

と、さすがに直十も背筋が寒くなった。

このままでは二十一歳の若い身空でホームレス一直線だ。ネットカフェ難民をやる金さえもない。

思わず道端で立ち止まって、ポケットの財布の中身をあらためてしまった。

ちゃりん、と手のひらに落ちたのは、百円玉が三つと十円玉が二つ。一円が四つだ。そして、なけなしの千円札が一枚。

それが正真正銘、直十の全財産だった。

まずい、どころではない。

寝る場所にも困るところだが、とりあえず今夜は稽古場《けいこば》に行こう、と思っていた。床の抜けそうなぼろいビルだが、少なくとも屋根はあるし、電気水道とトイレもある。

直十は「魚《さかな》の寝床《ねどこ》」という、小さな劇団に入っていたのだ。

演劇などはずぶの素人で、もともと興味もなく、しかし東京に出てきて半年ほどたった頃、同じ専門学校の女の子に、実のところかなり強引に、引っ張りこまれたのである。

始めは、衣装を手伝って！　と言われただけなのだが、なにしろマイナーな上にもマイナーな小劇団だったため、何もかもに人手が足りず、結局は表の舞台にも駆り出されるようになって。

本当に素人に毛が生えた程度という集まりだったが、直十はうっかり、その「演じる」楽しさにはまってしまった。

もちろん、俳優になりたいなどと本気で思っているわけではない。顔や身長も、よく言って人並み程度で、才能があるわけでもなく、とても自分なんかがなれるはずもない。

ただ――楽しかったのだ。

自分じゃない、他《ほか》の人間を演じるのが。

そして役の間は、家族もいるし、恋人もいるし、仲間もいる。

だが、それが悪かったのだろう。

ずるずると、バイト代のほとんどを劇団につぎこむようになり、しかし実際のところ、今の劇団はバラバラの状態だった。この一年ほどの間に、中心だった役者が一人抜け、二人抜け、掛け持ちで演出をしている男もほとんど別の劇団にかかりきりで、こっちの面倒《めんどう》をみる余裕などなかったのだろう。本気で役者を目指している者たちは、さっさと見切りをつけて別の劇団へと移っていた。

しかし直十は、自分にそんな力がないことはわかっていた。今から別の…、ある程度、名の知れた劇団になど入れるはずもない。

だからほとんど活動はしていなかったにしても、今の劇団にしがみつくしかなくて。もう辞めた方がいい、とわかっていても、思い切れなくて。金ばかりが消えていく。

バカだよな…、と自分でもわかっていた。

今の自分は劇団どころではないのだ。

こんな時に頼れる友人の一人もいないのは情けないが、専門学校は女子が多かったし、数少ない男友達はたいてい就職し、疎遠になってしまっている。

バイト仲間たちも…、直十が芝居のチケットを頼むのがうっとうしかったのだろう、あまり近づいてくることはなく、直十にしても劇団のことでバタバタしていることが多くて、まともな交友関係も築いてこなかった。

しかし今さら叔母のところにもどることなどできず、何かをやり直したい、と思っても、東京という街はドロップアウトした人間には厳しかった。

「濱下《はました》さんに鍵《かぎ》、借りなきゃ……」

思い出したようにつぶやく。

稽古場の鍵は、直十より三つ年上の先輩が持っているのだ。

とりあえず、劇団の今の看板、といえるのだろう。アイドル崩れのようなちょっと甘めの顔立ちで、他のもっと大きな劇団の助っ人に呼ばれたり、ドラマの端役のような仕事もたまに入るようだ。

人を顎《あご》で使ってくることも多く、あまり好きではなかったのだが…、仕方がない。

直十はポケットから携帯をとり出したものの、ちょっとためらった。

これであの人に借りを作るようなことになったら、またパシられるんだろうな…、と思うと、ボタンを押す指に力が入らない。アパートを追い出されたと知れば、バッカじゃねぇの、と大笑いするに決まっている。

ハァ…、とため息をついて、のろのろと顔を上げた直十の目の前に、あの家の門が薄闇《うすやみ》の中に鈍く光っていた。

その向こうの赤い扉は今は夜の闇と同化していたが、その代わりいくつかの窓から明かりがもれているのが、木の間からちらちらと目に映る。

人はいるのだろう。多分、何度か見かけたようなオヤジ連中が集まっているのかもしれない。

金持ちばっかなんだろうな…、と、それをぼんやり眺めて、直十は小さく鼻を鳴らす。

こんなところに出入りするオヤジたちは。

女が出入りしているのは見たことがないが、きっとこっそりとデリヘルみたいなのを呼んで遊んでいるスケベオヤジたちの集まりなんだろう。もしかすると、SMクラブとかかもしれない。

ホストでもやろうかなァ…、となんとなく思ったことはあった。とはいえ、それはそれで厳しい世界のようだし、自分に務まるかはかなりあやしい。少しばかり人見知りで、他人に愛想よくできる方でもないのだ。

——ホント、ろくなもんじゃねぇな……。

と、自嘲《じちょう》してしまう。

何もかもが中途半端で。

この三年、自分のしてきたことは何だったんだろ…、と思う。

このまま野垂れ死ぬのか、ホームレスになるのか。先輩にパシられながら、そのお情けにすがって生きるのか。

どうせそんな未来しかないのなら——。

直十は思わず、じっと門の中の影になっている建物をにらみつけた。

ウリ…、やってみようか、とぼんやり考える。

売春――ってやっぱり女が普通なんだろうけど、最近は男相手の店も多いみたいだし、痴漢とかいろんな不祥事とか、男相手の事件もよく耳にする。

さすがにもうビショーネンて年ではないが、四十、五十のオヤジ相手なら、まだ十分に若いはずだ。

――いや、そうでなくとも。

この中にいるオヤジたちは、おそらく人に見られて困るようなことをしているわけだ。

つまり、出入りしている写真でも撮れたらいいネタになるはずだった。きっと大会社の社長とか重役とかなんだろう。地道にあとをつけていけば、きっと素性もわかる。

なにしろ、ヒマだけはたっぷりとある身分になったのだ。

思いきり犯罪者だが、どうせ…、もうこれ以上なくすものなんか何もない。

直十はあたりをきょろきょろ見まわして、とりあえず隠れる場所を探したが、都合のいい電柱のようなものはなかった。人通りの少ない住宅街で、やはり門の前をうろうろしていたらあからさまに不審者だろう。

どうしようか、と迷ったが、ひょっとして中へ入った方がいいのかも？　と思いついた。

中だと植木がいっぱいで、隠れる場所もたくさんありそうだ。

だいたい考えてみれば、この門を出入りしているところを写真に撮ったところでどうしようもない。

いかにもラブホ、という外観ではなく、ここだけで「あやしい」と言うことはできないのだ。

せめて中のドアを入るところ、出てきたのがそれ風の女であればいいチャンスだし、もしかすると窓から家の中がのぞければ、決定的な現場がつかめるかもしれない。

ごくり…、と直十は唾《つば》を呑《の》みこんだ。

この門や塀を乗り越えるとなると、あからさまに不法侵入だが……。

門に近づいた直十は鉄格子に手をかけ、何気なく押してみると——それはキィ…、とかすかに軋《きし》んだ音を立ててあっさりと開いてしまった。

「わっ…！」

と、思わず声を上げて、わずかに身を引いてしまう。かえって心臓がドキドキした。

不用心だな…、と思うが、考えてみれば、客が来るのにいちいち鍵をかけてもおけないのだろう。

深呼吸して、あたりを見まわし、直十は意を決して、そっと中へ入っていった。

アスファルトではない地面の感触がやわらかい。わずかな風にざわざわと揺れる葉の音が妙に耳に優しかった。何か緑の匂《にお》いや花の香りがしてくるようだ。

ぼんやりとした外灯が、緩やかにカーブした玄関口までの道を照らしている。

不法侵入者の身で堂々とその道を通るのが後ろ暗く、直十はわずかに草地へと進路をそらし、こっそりと家の方へ近づいていった。

いつも遠くから眺めていた、玄関らしい赤いドアを見つめる。高さも幅も、普通の家よりは相当に大きく、重厚な扉だった。

石壁に赤レンガ、そして枠木を組み合わせた、しゃれた建物だ。明かりに照らされて、インターフォンらしいものが建物の雰囲気を損なわないように、横の壁をくりぬかれてついている。

売春クラブにしても、相当に高級なんだろうな…、と思う。自分のひと月分の生活費なんか、一晩でふっ飛んでしまうような。

それを考えると、やはりムカッとしてきた。

女と遊ぶ金があるんなら、少しはゲージュッに援助しろよ、という気分だ。

少しくらい小遣い稼ぎしたっていいよな…、と心の中で言い訳しつつ、直十は今の自分の全家財道具であるデイパックをしっかりと肩にかけ直し、片手に携帯を握りしめて、ゆっくりと建物のまわりをまわってみた。

裏の庭もやはり広い。旅行パンフなんかで見るヨーロッパの、いかにも作られたような豪華な庭園ではなく、自然なままの雰囲気だった。それでもムダな雑草はなく、手入れは行き届いているような。

裏庭に面した側《そば》には白壁の間に大きな木の壁があって、はめ殺しのような大きな窓がついていたが、むしろ大きすぎて、うっかり顔を出せばこちらの姿が見られそうだった。

とりあえずそこは大きく迂回《うかい》して、一周してみる。

玄関先までもどって、シャッターチャンスを狙《ねら》うとすれば、どこに隠れてればいいんだろ…、とあたりを見まわした。

しかしよくよく考えてみれば、この暗さだ。よほど近くでなければ顔は写らない気がする。

とすると、やっぱり中へ忍びこむしかないのか…？

と、直十が顔をしかめた時だった。

「……おや？　どうしたんだい、こんなところで？」

「君…、誰《だれ》？　誰かに用なのか？」

いきなり背中からかかった声に、直十はビクッ…、と背筋を震わせた。

——客……!?

ハッとふり返ると、ぼんやりとした明かりの中にふたりの男が立っているのがわかる。

顔を確かめる余裕などなかった。

見つかった——！

と悟った瞬間、直十はとっさに彼らに背を向けると全力で走り出した。

「あっ…、おい…！」

「待ちなさい！」

驚いたような声が追いかけてくるが、もちろん待ってなどいられない。

一直線に門の方へ逃げ出して、その勢いのまま、鉄格子に手をかけようとした時だった。

「——うわっ…！」

門の方が逃げるようにすいっと外へ開き、つんのめるように直十は体勢を崩す。

泳ぐように腕が動き、倒れる——と思った瞬間、正面から何かにぶつかっていた。

地面に——ではない。

もっとやわらかい……どうやらちょうど入ってきた客に、だ。

「……っと。ぶねぇな」

低い男の声が頭の上で響く。

助かった、と息をついたのも一瞬だった。

「……ああ、若頭。いいところに」

背中から追いかけてきたらしい男の声に、背筋がゾッと寒くなる。

――わ、若頭……っ？

「わぁぁぁぁっ！」

と、頭のてっぺんから悲鳴を上げて、直十は無意識にしがみつくようにしていた相手から反射的に飛び退《すさ》った。

少し距離をとって目の前に立っている男をビクビクと見上げると、なるほど、黒い革のコートに身を包んだ強面《こわもて》の男だ。無精ヒゲに気だるげな雰囲気を漂わせ、長身でガタイもよく、じろり、と威圧的に直十を見下ろしてくる。

「ドクター。……なんだ、このガキは？」

そしてちろっと直十の後ろに視線を流して尋ねた。

「いや…、それが僕たちにもよくわからないんだけどね。な、ご隠居？」

「ええ。ただ勝手に中へ入りこんで、探るみたいにうろうろしていたようでね」

そんな言葉に、やばい…、と身を縮めながら、直十は追いかけてきたらしい後ろの二人を、ちらっと肩越しにふり返った。

ひとりは眼鏡をかけたスーツ姿、そして、もうひとりは落ち着いたグレーの和装の男だった。

男の和服姿なんて、正月でなければ、落語家か歌舞伎《かぶき》役者くらいしか知らなかったので、ちょっと驚く。

「ほう…、あやしいな」

再び視線をもどし、「若頭」と呼ばれていた男がじろじろと無遠慮に直十を眺めまわしながら低くつぶやいた。

「あ、あやしいのはアンタたちだろっ！」

そのいかにもうさん臭げな男の眼差《まなざ》しにムッとして、直十は思わず言い返していた。

「……ああ？　俺《おれ》たちのどこがどうあやしいって？」

「あやしさ満杯だろうがっ！」

不機嫌にうなった男に、直十は反射的に嚙《か》みついた。

「そりゃ、確かにあやしいかもしれないなあ…」

後ろで、ドクター、と呼ばれていた方だろうか、あはは、とのどかに笑う。

若頭……という男はともかく、他の二人はとてもヤクザには見えず、妙にちぐはぐな組み合わせにとまどいつつ、しかし金持ちなのは間違いなさそうだ。

「やっぱり…、ここ、売春宿なんだろっ!?」

思わず叫んだ直十に、ほう…、とご隠居が感心するように言った。

「売春宿？　またずいぶん時代がかった言いまわしだね。君、時代小説とか読むの？」

「そういうことじゃねぇだろっ！」

どこか間の抜けた、というか、ピントのずれた問いに、直十は足を踏み鳴らしながらいらいらと叫ぶ。

本はほとんど読まないが、やったことのある役でそのセリフがあっただけだ。

「外からはそんなふうに見えるのかな？」

「で、どうする？　このガキ」

「覆面記者とか、そんなふうにも見えないけどねえ…」

「妙なことを外で言いふらされても面倒だしな」

「若頭がシメておけば、おとなしくしてるんじゃないか？」

「おいおい…、俺に何をやらせる気だよ」

……シメるって……。

じわり、と冷や汗がにじんでくる。

直十を横においた顔をつきあわせて相談を始めた三人を横目にしながら、直十はじりじりとあと退った。

そしてバッ、と身を翻して逃げようと足を踏み出した瞬間――。

「……おっと」

するりと伸びてきた若頭の手に、ネコみたいにひょい、と首根っこをひっ捕まえられる。

「バッ…、バカっ！　離せよっ、くそっ！　このやろう…っ！」

ぐえっ、と喉《のど》がつまり、直十はジタバタと暴れながらわめいた。

「うっせぇガキだな……」

暴れる直十の首を絞めるみたいに、背中から腕をまわしてかかえこみながら、めんどくさそうに若頭がうなった。

「これ、君のじゃないの？」

と、屈《かが》んで何かを拾い上げたご隠居の指に、男とぶつかった時に落としていた携帯が揺れている。

「あっ、それ…っ」

直十は思わず声を上げてしまった。

携帯をとられてはこの先、何もできない。もちろん、調べようと思えば身元もすぐにわかってしまうだろう。

「うーん…、とりあえず、オーナーにおうかがいを立ててみようか」

のんびりと言って歩き出したドクターのあとに、携帯を持ったままのご隠居が続き、直十もずるずると家の方へ引きずられた。

「くそっ、離せっつってんだろっ！　おいっ、聞いてんのかよっ！　クソオヤジっ！」

「黙れ」

わめきながら必死に暴れる直十の頭が、無造作にぶん殴られる。

「うっ……わぁぁぁぁっ」

その重い衝撃によろけた次の瞬間、天地がひっくり返った。

足をすくわれ、直十の身体《からだ》が荷物みたいに男の肩に担ぎ上げられたのだ。

「なっ…、何すんだよっ！　下ろせって！」

あせったのと混乱したので、直十はむちゃくちゃに手足をばたつかせ、男の頭から背中をたたきまくる。

男がうるさそうに舌を弾《はじ》いた。

「いいかげん黙らねぇと、埋めるぞ、てめぇ…」

低くドスを利かせた声ですごまれて、思わずぴたり、と直十は口を閉ざした。

ぞぞっ、と背筋に寒気が這《は》い上がる。

ヤバイ……、これは本当にヤバイんじゃないだろうか……？

この広い庭の片隅に穴を掘って埋められるイメージが脳裏をよぎり、思わず固まってしまう。

売春クラブよりヤバイかもしれない……。

そんな予感にビクビクした。

本当にわけがわからない、というか、この男たちの正体が知れない。いや、昨今のヤクザは一見、そうは見えない連中も多いというから、案外、他の二人もそうなのかもしれない。

そんなことを考えているうちに、先頭のドクターがインターフォンを鳴らして、例の赤いドアを開けてもらったらしい。

初めて見る扉の奥の世界に、直十は男の肩の上から思わず、目を大きく見張って息をつめた。

……肩から吊《つ》り下げられている状態だったので、視界は逆向きだったが。

薄暗い中から出てきたのは、バーテンダーのようなスタイルの一人の男だった。

皺《しわ》のない真っ白なシャツに、黒のベスト。えんじ色のタイ。

二十六、七だろうか。直十より五、六歳は上だろう。スレンダーで、一瞬、ハッとするほど整った顔立ちだった。

「いらっしゃいませ、ドクター」

「やあ、高埜《たかの》くん」

「今日はご隠居と若頭もご一緒ですか」

やわらかく微笑《ほほえ》んで、ちらりとドクターの後ろに目をやりながらそんなふうに言った男と、ばっちりと、直十は目が合ってしまう。

「……ゲストでしょうか？　そちらの方は」

このありえない体勢は見えてるはずだが、特に表情も変えず、高埜と呼ばれた男が穏やかに尋ねている。

「それとも、持ちこみの新しいオモチャか何か？」

――オモチャ……!?

さらりと尋ねた男に、直十は思わず目を剝《む》く。

「違うよっ！　拉致《らち》られてんだよっ！　見りゃ、わかんだろっ！　ケーサツ呼べよっ！」

口から唾を飛ばす勢いで叫ぶが、みんなそろって、まるで聞こえていないかのように勝手に話を進める。

「ていうかな…」

若頭がため息をつくようにつぶやいた。

「この建物のまわりをうろうろして、何か探っていたみたいですよ。ここを売春クラブか何かだと思っていたようでね」

指先で吊り下げた携帯をくるくるまわしながら、あとを続けるようにご隠居が説明する。

「売春クラブですか…」

高埜という男が瞬《まばた》きした。

「オーナー、いるか？　処理を聞こうかと思ってな」

「おいでですよ。どうぞ」

――しょ、処理っ？　処理って……処理……!?

その不穏な言葉の響きに、さっき頭の中で掘った穴がさらに深くなった。一気に血の気が下がる。

「はっ…離せって…！　クソオヤジっ！　離せよっっ！」

若頭かなんだか知らないが、それどころではない。命の危機だ。

しかし肩の上でギャーギャー暴れまくる直十の抵抗などものともせず、男はのしのしと家の中へ入っていった。

「ここ、門にセンサーとかつけてなかったのか？」

「つけていませんよ。そんなものをつけると、しょっちょう野良ネコが引っかかって大変です。建物には警報機もカメラもつけていますが」

「なるほどな…。でかい野良ネコというわけか」

直十を担ぎ上げたまま暢気《のんき》にそんな話をしながら、彼らは玄関ホールから少し行った右手のドアをくぐる。

と、リビング……だろうか。

むしろホテルのラウンジと言った方がいいような広い空間が、いきなり目の前に開けた。

少し暗めのやわらかな照明の中に、くつろいだ布張りのソファとテーブルのセットがあちこちにおかれている。

入りこんだ奥の方に短いカウンターがあり、その近くのソファに直十は無造作に放《ほう》り出された。

「……って…っ」

堅めのクッションだったがそれほどの衝撃はなく、しかし肘掛《ひじか》けの角に頭をぶつけてしまう。

「なんだい、そりゃ？」

「今日はずいぶん大荷物だな、若頭」

そこここにいた先客らしい七、八人の男たちから、口々におもしろそうな声がかかる。

みんな三十代の後半から、四十、五十代だろうか。それなりに身なりがよく、やはりスーツ姿が多い。

ようやく解放されてほっと息をつき、直十は頭をさすりながらのろのろと身体を起こした。こっそりと、まわりの様子をうかがう。

ずっと外観しか見たことがなかったから、やはり建物の中に興味もあったのだ。

赤レンガと木の組み合わさった、落ち着いた雰囲気の空間だった。

山荘風、というのか。天井には三枚羽のファン。群青色の壁にはモダンなデザインのタペストリーがかかっている。

不思議なことに女の気配はなかった。部屋にいるのも男ばかりで、普通の飲み屋にしても、ホステスくらいいておかしくはないのに。

漂っているのも香水の匂いではなく、もっと別の…、なんだろう、線香っぽい匂いというのか。オリエンタルな香りだ。

「――わっ！」

と、その視界がいきなり若頭のむさ苦しいアップの顔でさえぎられ、直十は反射的に身を引いた。

「おまえの言う『オヤジ』ってのは、俺のことか？　ああ？　俺はまだ四十前だぞ？」

腰に手をあてた男が上体を近づけて、上からにらみつけてくる。

不機嫌そうに問いただされ、直十は首を縮めて上目遣いにうめいた。

「え…、だって、オヤジはオヤジだろ……」

四十前なら、十分。

ハハハ…、とそんな直十の言葉に、後ろからいくつか楽しげな笑い声が湧《わ》く。

「あきらめなさい、若頭。二十歳そこそこの若者から見れば、君も立派なオヤジの仲間なんだよ」

ご隠居、と呼ばれていた男にそんなふうに指摘され、チッ、と不機嫌そうに若頭が舌を打った。

ご隠居は四十なかば、というところだろうか。柔和で上品な顔立ちで、若頭よりはずっと年上のようだ。

「古葉……なおじゅう？」

と、奥のカウンターにすわっていた男が直十の携帯を勝手に操作しながら、登録を見たのだろう、首をかしげてつぶやく。

いつの間にか、携帯はご隠居からその男の手に渡っていたらしい。

直十、という名前は、簡単なわりに読みにくい。昔から何度も言われてきて…、今でもからかうみたいにそう呼んでくるヤツもいる。

仕方がないのだろうがムッとしていると、若頭がため息をつきつつ指摘した。

「それ、なおと、と読むんじゃねぇのか？　オーナー」

そして、やれやれ…、といくぶんダレたようにそちらへ近づきながら、「いつもの」とここまで案内してきた髙埜に注文する。やはり常連らしい。

「返せよっ、ドロボーっ！」

ソファから立ち上がって、カウンターの男をにらみながら直十は叫んだ。

「私《わたし》を泥棒という直十くんは、私のクラブに何の用だろう？」

しかしスツールにすわったまま、くるりとこちらへ向き直った男にとぼけたように聞かれて、ぐっ…、と直十は言葉につまった。

オーナー、と呼ばれているということは、この家の持ち主、ということだろう。この連中の総元締めみたいな。

四十過ぎくらいだろうか。落ち着いたスーツ姿の、穏やかな紳士風の男だった。

……が、先入観があるせいか、どこか腹黒く見える。

「よっ…用なんかねぇよっ！」

視線を落ち着きなく漂わせながら、それでも必死に言い返した。

「勝手に庭に入りこんでいたのなら、立派に不法侵入だけどね」

「じゃあ、これは拉致じゃないのかよっ！　俺はそいつらに連れこまれただけだしっ！　ケーサツに駆けこんで、あんたらに乱暴されたって言うからなっ！」

そもそも自分から敷地内に飛びこんだことは棚に上げて、直十はわめいた。

「おい、まずいぞ。クラブ存続の危機だな」

「どうだ？　ここで彼を殺害する完全犯罪の計画を立ててみるというのは？」

「誰の計画がもっとも完璧《かんぺき》か、コンペにしてみるのもおもしろそうだな」

いかにもおおげさな声が上がり、愉快そうな声がそれに応《こた》える。さざめくような笑い声が広がり、口々にその提案につっこみを入れる。

――なんなんだ、このオヤジたちは……。

そんな反応に、直十は呆然《ぼうぜん》と室内を見まわしてしまった。

本当に秘密結社とか、悪の組織とか、そんなもののアジトに迷いこんだような気がしてくる。

そう思ってみると、あ…、と直十はそれに気づいた。

ここにいる男たちはそれぞれ、ハットピンみたいな頭が逆三角形の小さな赤いピンを、スーツの襟のあたりに差している。

いかにもそれが秘密結社のシンボルのようで、直十はゴクリ…、と唾を呑みこんだ。

「あのな…、乱暴っていうのは薄幸そうな美少女が涙を浮かべて訴えてこそ、信憑性《しんぴょうせい》があるもんだ。おまえみたいなクソ生意気なガキが駆けこんだところで、イタズラか言いがかりと言われるだけだろ。ここにいるちゃんとしたオトナの言い分とどっちが信用されるか、考えてみろ」

と、若頭が、何かのカクテルだろうか、長めのグラスに入った白濁したものを飲みながら、無慈悲に言った。

腹は立つが返す言葉もなく、直十は拳《こぶし》を握って男をにらみつける。

「……へえ。これからどこかへ旅行にでも行くつもりだったのかな？　服に下着にタオル、歯ブラシとコップまで入ってるみたいだけど」

その間に直十が放り出された時に床へ落としてしまったデイパックが、ドクターたちの手で勝手に開けられ、中をのぞかれてかきまわされていた。

「でも服は洗濯してないみたいだぞ？」

「袋麺《ふくろめん》持って旅行って、キャンプか？」

さらに数人が集まって、ドクターが摘《つま》み出したものを物色しながら、なんだかんだと無遠慮に話し合っている。

「ひっ…人のモノ、勝手に開けるなよっ！」

本当に下着なども汚れたままで、直十はあせってとり返しに行こうとしたが、その足が若頭の言葉でピタリ、と止まってしまう。

「……ひょっとしておまえ、アパート、追い出されでもしたのか？」

「そっ…それは……」

ちろっと横目でうかがうように聞かれ、思わず声を上げたが、図星なだけに言葉が続かない。

「へえ…、じゃあ、今晩、行くところもないんだ？　それは気の毒だねえ…」

ドクターが顎を撫《な》でながらつぶやく。

「いっ…行くとこくらいあるさっ！　女のとこだってどこだって……！」

「女ね…」

思わず見栄《みえ》を張って言い返した直十を、若頭が鼻で笑う。

「ヒモになれるようなタイプには見えませんけどね」

さらにソファの一つに腰を下ろしていたご隠居が、運ばれてきたコーヒーのカップに手を伸ばしながらのんびりと言った。

ぐっ、と直十は奥歯を噛みしめる。

「どうせ…っ、女もいねぇよ！　金もねぇよっ！　だからどうだっていうんだっ！」

たまらず直十は、心の中のいらだちをぶちまけるようにわめいていた。

「俺には……どうせ、なんにもねぇんだよっ！」

震える拳を握りしめ、目に涙がにじみそうになるのを必死にこらえる。

「夢もないのか？」

と、いきなり淡々とした若頭の声が耳を打ち、直十は思わず息を呑んだ。

――夢……？

一瞬、舞台に立っている時の自分の姿が頭をよぎる。

しかし、役者で身を立てていこうだなんて……あまりにもバカげていた。

第一、こんなところでそれを言い出しても、このオヤジ連中には鼻で笑われて、またいいからかいのネタになるだけだろう。

直十は唇を嚙みしめて、ぐっと男をにらみつけた。

あきらめずに夢を追いかけろ――、なんて簡単に言えるのは、毎日の生活に不自由しない金を持っているからだ。

夢に向かっていけるだけの環境と、時間と。

もちろん、貧乏暮らしをしながら役者を目指しているやつらもたくさんいるのは知っている。他の、同じような小さな劇団にいる連中でも。

……何が違うんだろ……？

ふと、そんなふうに思うこともあった。

なんで自分はそれができないんだろう、と。

多分…、同じ夢を目指している仲間が近くにいるかどうか、なのかもしれない。はげまし合っていけるような仲間が。

自分にはそんな仲間さえもいないのだ……。

だがそれも当然だった。直十は「役者を目指している」わけではない。初めからあきらめていたから。

真剣にとり組んでいる連中の仲間に入れないのも、あたりまえだった。

「要するに、負け犬ってことだな」

「なんだと…っ⁉」

あっさりと肩をすくめて言い放たれ、直十は我慢できずに若頭につかみかかろうとした。

が、その前に、「まあまあ」と、のんびりとした声が耳に届く。

「せっかくおもしろい素材が飛びこんで来たんだ。ここはひとつ、彼を使って賭《かけ》をしてみるのはどうでしょうかね？」

どうやらご隠居の声らしい。

「完全犯罪？」

わくわくしたふうに聞き返した誰かに、ご隠居が首をふる。

「そんな物騒なゲームじゃありませんよ。むしろ…、そうだな、マイ・フェア・レディ的な」

「マイ・フェア・レディ？」

一人が怪訝《けげん》そうに聞き返す。

「彼…、直十くんをこれからひと月、誰か一人がヒギンズ教授になってしつけるんです。ここにいる我々の『話し相手《コンパニオン》』になれるくらいのマナーと教養をね。もちろん知識だけでなく、人間性も磨かなければならない。ひと月後に、それぞれ五分くらい話し相手になってテストをしてみる。――それに彼が合格できるかどうかの賭ですよ」

そんな提案に、ほぅ…、とか、へぇ…、といった声が男たちから口々にもれる。

「おもしろそうだね」

そう応えたのは、カウンターの奥にすわっていた男——オーナーだ。

「いかにもこのクラブらしい遊びじゃないか」

「な…なんだよ、それ……。なんで俺がそんなことしなきゃいけねぇんだよっ」

当人を無視して進められる話に、直十はあせって口を挟む。……とはいえ、半分ばかり、意味はわかっていなかったが。

ただ「しつける」とか「テストする」とかいう言葉に不穏さを感じてしまう。「マイ・フェア・レディ」も確か古い映画のタイトルで、聞いたことはあったが内容はよく知らなかった。

「警察に突き出されるよりマシじゃないかな？」

にっこりとご隠居に言われ、直十は思わず口ごもる。それでも必死に、低い声を絞り出した。

「け…、警察呼ばれて困るのはあんたらじゃないのかよ……？」

「そうか？」

ちろっと若頭がカウンターの端から意味深に直十を眺めてくる。

「売春クラブとおぼしきところに携帯カメラをかまえてうろついていたというのは……つまり、出入りする客を写真にとって脅そうという」

「恐喝未遂」

あとをドクターが引き継いだ。

「そっ…そんなわけないだろっ！　俺はただっ…、その…、庭が……キレイだったしっ」

「それはありがとうございます」

いかにも言い訳がましい言葉に、皮肉なのか、にっこりと丁重に高埜が礼を言った。

「そうだな…、もし君がテストに合格できれば、ここのフロアスタッフに雇ってもいいが？」

「――えっ？」

しかし続けて言われたオーナーの言葉に、直十は思わず声を上げていた。

「ここの時給はかなりいいけどね。しかも住み込みで、まかない飯付き。家賃、光熱費はタダ」

「マ…マジで…？」

続けられたそんな言葉に知らず大きく身を乗り出し、ごくっ、と唾を呑みこんだ。

それこそ、今の自分にはヨダレが出そうな好条件だ。実際、あやしすぎるくらいに。

「どうかな、高埜？」

確認するように尋ねたオーナーに、高埜が淡々と答えた。

「ちょうど人手も足りないところですから、私としてはありがたいですよ。……使いものになれば、ですが」

その言葉に、さすがにかちん、とくる。

あの男、顔はいいが、かなり毒舌だ。

「――で、誰がヒギンズ教授になってしつけるんだい？　それによって成否がかなり左右されると思うが」

「オーナーがやるの？」

興味津々でとり囲んでいる他のオヤジたちから、そんな声が上がった。

「いや…、私はそんなに面倒見《めんどうみ》がよくないからね」

オーナーが首をふって苦笑し、ちょっと考えてから言った。

「彼を見つけた責任をとって、若頭かドクターかご隠居か、三人の中の誰かにしてもらうというのはどうかな？」

「冗談だろ…」

カウンターに肘をついて、若頭がうなる。

「賭の言い出しっぺのご隠居がいいんじゃないかな？　礼儀作法もきっちり教えられそうだしね」

指先で眼鏡を直しながらドクターもそう言うが、ご隠居がゆったりと首をふった。

「公平にいきましょうよ。ここはやっぱり、じゃんけんで」

そうだそうだ、とまわりからの声もあり、三人が顔を見合わせて、仕方なさそうにご隠居のすわるソファに他の二人が近づいていった。

「では、一発勝負で」

左手で袖《そで》を持ち上げ、優雅に右手をかまえたご隠居に、他の二人も片手を浮かせる。

「じゃーんけーん――」

さらにそのまわりに集まってきたオヤジたちがいっせいに唱和した。

自分のこの先の生活に関《かか》わることなのに、直十はただ呆然とその光景を見つめてしまっていた。いい大人がじゃんけん一つでこんなに盛り上がっている姿など、本当に初めて見た。

ホントに……なんなんだ、こいつら……？

そんな疑惑がふつふつと湧いてくる。

ポン、の声でいっせいに出した手は、グーとグーとチョキ。

――負けたのは、若頭だった。

無意識に身を乗り出して結果を見守っていた直十は、ゲッ！　と声を上げてしまい、ぎろり、と男ににらまれる。

いや、まだどうすると自分が決めたわけじゃなかったが、……この男はさすがに恐い。

おー、という声と、パチパチと拍手がまばらに起こった。

「若頭かァ…。合格できる確率が一気に減ったな」

「ご隠居なら、ずいぶん上がりそうだったけどなあ…」

そんな声を聞きながら、若頭が自分の出したチョキに目を落とし、チッ…、といかにもめんどくさそうに舌を弾く。

パンパンとオーナーが手を打った。

「では、期間は今日からひと月。賭は今日から一週間、受けつけることにしようか。オッズは1：1？」

「いやあ…、若頭なら2：1でいいんじゃないかな？　もちろん、成功する方が二倍」

「三倍でもいいんじゃないか？」

後ろの方からそんな声が飛び、どっと笑い声が溢《あふ》れる。

ハァ…、と若頭が前髪をかきながら、いかにも大儀そうにため息をついた。

「……で、その賭は俺にはいったいどんな得があるんだ？　俺はもちろん、賭には参加できねぇんだろ？」

むっつりと尋ねた若頭に、オーナーがにこやかに言った。

「もちろん、参加すればいい。ただし、成功する方に賭けるしかないけどね」

さらにまわりからも、口々に答えが返ってくる。

「与えられたミッションに成功したら、メンバーからの惜しみない賛辞と名誉が与えられる」

「ロッテンマイヤーさんの称号を」

「今後、若頭を『教授』と呼ぶことにする」

好き勝手にかけられた言葉に、使えねぇ…、と渋い顔で若頭がうなる。

確かに、金にならないことばかりだ、と直十も思う。そんなことのためにバカバカしい賭に乗る人間がいるとは思えない。

と、オーナーが手元のグラスを持ち上げて微笑んだ。

「そして、一年間のクラブでの飲み代をタダに。――ただし負けたら」

「一年間、ヘタレと呼ばれる」

「一年間、高埜くんの下で執事見習いをしてもらう」

「いや、やっぱりここは一年間メイドだろう？」

「見たくないよ、それ」

「それプラス、全会員の前で歌を披露してもらう。カラオケで…、もちろんフリ付き。曲は当然、こちらからの指定だ」

「――歌ッ!?」

おもしろがって――だろう、口々に言われた最後の条件に、若頭が愕然《がくぜん》とした顔で悲鳴のような声を上げた。

その表情に、直十は思わず、ぷっ、と噴き出しそうになって、あわてて口元を押さえた。

あんなに嫌がっているということは、案外、すごい音痴なんだろうか。

「では、それでいいかな？」

オーナーがシメの言葉を口にした。

――と、ようやく直十は思い出す。

いや、よくない。笑っている場合ではない。

「い…、いいわけないだろっ！　ヤクザの家になんか、誰が行くかよっ！」

とっさに叫んだ次の瞬間。

室内にあっけにとられたような沈黙が落ち、男たちの視線がいっせいに直十に集中する。

そして次の瞬間、爆笑が弾けた——。


「レッド・ドア・クラブ？」

若頭——どうやら本名は廿楽《つづら》、というらしい。

それから二時間ほどして、直十はとりあえず男の家——マンションに連れて行かれた。

クラブがある場所よりずっと都心の、高そうな高層マンションだ。

ヤクザの組事務所でなくてホッとしたが、それでも直十などは、ロビーへ足を踏み入れるのでさえびびってしまうような高級感だ。その十四階の角部屋。

少ない荷物をかかえ、とりあえず男のあとについてリビングに入ったが、そこだけでざっと三十畳ほどもある。その奥にさらにキッチンがあり、玄関からここにつくまでにもドアがいくつかあって、全部でどれだけの広さなのか、まるで見当もつかない。

やっぱり金持ちなんだな…、と内心で鼻を鳴らしつつ、結局、その金持ちオヤジたちの「遊び」につきあわされるわけだ、と直十はとりあえず、そのくらいを理解していた。

オーナーの言っていた「住み込み可、光熱費タダ、賄《まかな》い付き」のバイトはおそろしく魅力的だが、……やはりうさん臭い。し、その賭に勝てるとは、正直、自分でも思えなかった。

だがまあ、それでここしばらくのねぐらを確保できるのなら、直十にしてもラッキー、と言えるのだろう。

どうせ、オヤジたちの暇つぶしだ。ひと月、と言っていたから、適当に話を合わせてつきあってやればいい。その間になんとか新しいバイトを探して、アパート見つけて。さすがに劇団の方は…、しばらく顔を出せないだろう。

頭の中でそんな計算をしながら、とはいえほとんど何もわかっていない状況で、直十は基本的なところを説明をしてもらっていた。

まず、あの家が何なのか？　からだ。

それに返ってきた答えが、「レッド・ドア・クラブ」だった。

「そうだ。売春宿でもSMクラブでもない、単なる社交クラブだ。会員制だけどな」

廿楽の説明によると、どうやらその「レッド・ドア・クラブ」――だから「ＲＤＣ」なのだ――は、純粋にオヤジたちの「遊び場」のようだった。

直十が連れて行かれた、みんなが集まっていた部屋が一番大きなサロンだが、他にも小さな部屋がいくつもあって、会員は好きな部屋でくつろげるらしい。

愛好者が集まってボードゲームをしたり、ミステリー談義をしたり。書斎で一人、読書をしたり、オーディオ設備のある部屋で古いロックを聴いたり。シアタールームや、地下にはちょっとしたトレーニングルームもある。あるいは、誰かが企画すれば、料理教室を開いてみたり、さっきのご隠居が講師になって着付け教室をしてみたり。

そして、女性の連れ込みは厳禁——のようだ。

「ああ…、それから。おまえもこれからクラブには通うことになるんだから、大事なことを言っておく」

リビングで向かいのソファに腰を下ろしていた廿楽が、手元にタバコを引きよせながらいくぶん真剣な顔で言った。

「社会での肩書きや素性に関係なく、気のあった友人たちと純粋に好きな遊びを追求する、というのがあのクラブの趣旨だ。だから、クラブ内では誰も本名は名乗らないし、基本的に知らない。中にいる時は、みんなあだ名で呼び合う」

「あ、だから……」

ようやく直十も納得した。

そういえばあの中では誰も、おたがいに名前を呼んでいなかったのだ。名前を耳にしたのは、あの高埜とかいう、迎えてくれた男だけだった。

「じゃあ、あんたのあだ名が……若頭？」

マジマジとあらためて男を眺めて確認した直十に、廿楽は腕を組んでうなずいた。

「そうだ」

「……いかにもだな」

思わずうなった直十に、何か言いたげにじろり、と一瞥《いちべつ》してから、廿楽は続けた。

「とはいっても、メンバーの中には社会的に名のある人物もいるし、テレビで顔が知れてる人間もいる。だがその場合でも、クラブ内で会う時は外での仕事は知らないふりをするのがルールだ。必ず、あだ名で呼ぶ」

「名前、知ってても？」

「ああ。だからおまえも、クラブの中では俺を名前で呼ぶなよ」

「じゃ、偶然、メンバーの誰かとコンビニとかで会ったら？　無視すんの？」

「コンビニで顔を合わせることはないと思うがな…。まあ、もし外で会っても、クラブでのつきあいは仕事に持ちこまないのが基本だ。たまたま別のパーティーや何かで第三者に紹介された時には、おたがいに初対面のふりをする」

「ふーん…、ヒマなことやってんだな…」

ソファの上に両足を持ち上げてだらしなく胡座《あぐら》をかきながら、容赦なく感想を述べた直十に、廿楽がむっつりと言った。

「そういう枠組みを含めて、楽しめる余裕のあるオトナが集まってるんだ」

「要するに金持ちの道楽だろ」

直十はバッサリと切り捨てた。

だがそれに怒ったふうもなく、まぁな…、と甘楽が苦笑する。

まあ、それはそれとして、だ。この甘楽という男の正体がわからなかった。

「あんた…、ホントにヤクザじゃないの？　何やってる人？」

疑い深く上目遣いに尋ねた直十に、男は素っ気なく言った。

「それはおまえには関係ない。つまらない詮索《せんさく》をしているヒマはないぞ？　ひと月しかないんだからな」

むっつりと不機嫌に言われ、ああ…、とようやく直十も思い出した。

そうだ。賭だ。

わけもわからないまま、ここまで連れてこられたわけだが。

「マイ・フェア・レディってナニ？　ていうか、あんた、俺に何するつもりなんだよ？　しつけ…って……？」

考えてみれば、素性も知れない男を家に泊めようというのだ。普通では考えられない。

しかも恐喝――までしようとしていた人間を、だ。

一瞬、家出少女を自宅に泊める代わりにカラダを要求する――とかいう中年男が最近問題になっている、というニュースが頭の中をよぎる。

——いや、あるいは「しつけ」というと、ムチとか鎖とか……？　それで、仕込まれてどこかに売り飛ばされるとか？

勝手な想像が頭の中に広がり、思わず顔色を変えて無意識にソファの上で身を引いてしまう。

「……あぁ？　なんかされると思ってんのか？　身の程知らずだな。俺はチンケなガキに手を出すほど不自由はしちゃいねぇよ」

頭の中を読まれたようにあっさりと言われ、ちょっとホッとした。

まあ、金持ちならいくらでも女は引っかけられるのだろう。それこそ、女を買うことだってたやすいはずだ。わざわざ男に手を出さなくても。

「ま、おまえがそっちも教えてほしいっていうんなら、……しょうがない。相手してやってもいいけどな？」

顎を撫でながらにやにやと笑って言われ、直十は無意識に持っていたデイパックを楯《たて》にするようにしながらわめいた。

「い、いらねぇよっ」

何が、しょうがない、だ！

こっちだって、こんなおっさんを相手にするつもりはない。万が一、尻《しり》を貸すことになるにしても、直十だって相手は選ぶ。

そんな反応にか、くっくっとおもしろそうに男が笑った。

「あんた…、そっちの人なのか……？」

思わずうかがうように尋ねた直十に、甘楽はすかした調子で答えた。

「別にそっちの人じゃないが、食わず嫌いはしないタイプだ」

つまりどっちでも、ということだろうか。

節操ねぇな…、と内心で毒づく。

だが直十にしてみれば、ホームレスになるか、男に尻を出すか、と問われれば、かなり究極の選択だ。

「それよりおまえ、マイ・フェア・レディも知らねぇのか？　ヘップバーンは？」

片方の眉《まゆ》を上げ、あきれたように言われて、直十はムッとした。

「……女優、だっけ？」

聞いたことはあるのだ。

「だっけ？　おまえ、それでよく……」

何か言いかけた甘楽は結局ひらひらと手をふると、おおげさに額に手をあてて、ため息をつく。

「まあいい…。今度、ＤＶＤを探しといてやるよ」

うなるように言うと、顎で入ってきた廊下の方を指した。

「そっちが客間だからおまえの部屋にしろ。他も好きに使っていい。バスルームもキッチンも。ただ…、――そこ、俺の仕事場には入るな」

廿楽がリビングの奥にあるドアの一つを示し、まっすぐに直十を見つめて言った。

「約束できるか？」

「あ…、うん」

あの部屋にこの男の秘密がある――と思うと、ちょっとのぞきたい気もしたが、直十はとりあえずうなずいた。

「明日は……、そうだな。九時でいい。朝飯、作っとけ」

「メシっ？　作れねぇよ！」

無造作に言われて、思わず声を上げた。

一人暮らしもそこそこ長いとはいえ、ほとんどインスタントな生活だったのだ。まともな食材を買うような金もなかったし。

「やってみろ。冷蔵庫のものは勝手に使っていい。試してみる前から泣き言を言うな」

しかし男は無慈悲に言い捨てると、タバコをもみ消し、やれやれ…、とだるそうに立ち上がった。

「とりあえず今日は風呂《ふろ》入って寝ろ。俺は今から、この先ひと月のおまえの特訓メニューを考える」

「と、特訓メニュー……？」

難しい顔でめんどくさげに言われ、思わず聞き返してしまう。

「おまえ、何のためにここに来たのか、わかってんだろうな？」

じろり…、と頭上からにらみ下ろされ、直十は首を縮めた。

それはまあ、賭の対象になっている、ということはわかるのだが、では具体的に何をすればいいのか、と言われると、まったく想像がつかない。

「いいか、俺は絶対！　カラオケなんかしねぇからなっ！」

——別に俺が聞きたいわけじゃねーよ……。

断固として宣言され、直十は内心で反論する。

が、拳を握って吠《ほ》えた男のその迫力に、さすがに「……音痴なんだろ？」とは言えなかった——。

◇　　◇

翌朝。

「——起きろ、居候っ！　九時にメシだっつっただろうがっ」

いきなり頭の上から降ってきた声に、うわっ、と直十は飛び起きた。

「……えっ？　なっ…、……あれ？」

ボーッとした頭で無意識にあたりを見まわし、一瞬、今自分のいる場所がわからなかった。

ふだん、誰かの声でたたき起こされるようなことはなく、たまに稽古場に泊まりになった時に他の団員に起こされるくらいだ。

それでも目の前に仁王立ちになっている男の物騒な顔に、ようやく昨日のことを思い出した。

あまりにも急激に環境が変わり…、というか、いろんなことがありすぎて、わけもわからないうちにこんなところに連れてこられ、ゆうべは布団に入ってもとても寝られない…、と思っていたのに、あっという間に爆睡していたらしい。

さすがに疲れていたのだろう。身体の方もだが、精神的にも。

気疲れというか、なにしろ昨日は、緊張を強いられることが多かったのだ。

直十が泊めてもらった部屋は客間と言っていたが、すっきりと余分なもののない、ホテルのような一室だった。あらためて準備してくれたようでもなく、いつでも使えるようになっていたらしい。

使いかけのティッシュボックスとか、印のついたカレンダーとか、広めのライティングテーブルの上のペン立てとか…、そこはかとなく生活感もあり、頻繁に泊まるような友人でもいるのかもしれない。

そういえば、ゆうべ借りたバスルームにも客用らしいタオルが用意されていたし、この部屋の引き戸になっている造りつけのクローゼットには数着、男物の服が掛かったままだった。下着やTシャツのような軽い部屋着まである。

直十のサイズとしては大きいが、廿楽のものにしてはひとまわりくらい小さいようだ。

……やっぱ、男、いるんじゃねーだろうな……？

さすがにそんな疑惑が湧いてくる。

一緒に暮らしているにしては少なすぎるが、以前同棲《どうせい》していて別れたばかりとか。前の男が忘れていったものが捨てられずに残っているのかもしれない。

用心しよう…、と心に決めていたのに、だらしなく寝こけている姿を見られたとは不覚だった。

なにしろ、直十の安アパートのぺらい布団などより、何倍も寝心地のいいベッドだったのだ。

「さっさと顔を洗って朝飯作れ」

「わかったよ…」

むっつりとした顔で命令され、直十はのろのろと起き上がって洗面所に向かった。

とりあえず顔を洗うと、少しは頭も起きてくる。

リビングへもどると、廿楽はボリボリと無精ヒゲだらけの顎をかきながら、だらしない姿でソファにすわりこんで新聞を広げていた。

「朝飯って……？」

おずおずと尋ねると、なんでもいい、とこちらも見ずに無造作に答えられる。

が、なんでもいい、と言われるのが一番困る。

「冷蔵庫のものを適当に使って、自分の頭で考えろ」

ともかく奥のキッチンへ入ってうなっていると、そんな声がかかる。

仕方なく冷蔵庫を開け、直十は考えこんだ。

――朝食…、というと。

ご飯と味噌汁《みそ》…、の和食は、どう考えても自分には無理だ。メシは炊けるが味噌汁は危うい。

洋食系だとすると、パンと卵とサラダ…、という感じだろうか。卵はあるし、野菜もレタスとトマトとキュウリはある。付近の戸棚を開けてみると、食パンの袋もあった。

なんとかなりそうで、それをとり出して、よし、とシンクの方をふり返る。

が、何気なく横のガス台に目をやり……、えっ？　と思わず声を上げてしまった。

広めの空間に見慣れたガス台はなく、ガラスを張ったような平べったい黒い板のようなものがあるだけだ。

「ＩＨ、使ったことねぇのか？」

「――うわっ！」

ふいにすぐ横で男の声がして、直十は飛び上がった。

「それ。そこがスイッチ。押せばパネルが出る。トースターはねぇから、トーストはオーブンレンジで焼いてくれ。コーヒーは俺が淹《い》れてやる」

どうやら、痺《しび》れを切らしたのか、コーヒーを作りにきたらしい。

「自分で作った方が早いんじゃねぇの…？」

食パンの袋を握ったまま上目遣いに言った直十に、男は手際よくコーヒーメーカーをセットしながら、あっさりと答えた。

「時間はいい。とにかくやってみろ」

ちぇっ、と思いながら、仕方なく直十はシンクの下の扉を開けてみて、包丁とまな板をとり出した。

「あ。俺も食っていいのか……？」

ふと思い出したようにおずおずと尋ねると、男が凶悪な顔でにやっと笑った。

「いらなきゃ、俺の分だけでいいぞ？」

「……メシ代、借金にされんじゃないだろうな？」

うめくように確認すると、バカ、と軽く頭をはたかれる。

「俺は街金じゃねーっつーの。心配するな。ひと月は衣食住の面倒はみてやるよ。クラブの連中との賭だからな。その代わり、掃除と洗濯と料理はおまえの仕事だ」

「あ…、うん」

そう言われると、ちょっとホッとする。

賭はこの男の都合だが、それでもタダで面倒を見てもらうよりは気が楽だ。

誰かに頼りたいとは思わなかった。叔母の家での二年間で、誰かの世話にならなければならないみじめさ、自分の無力さがたまらなかったから。

「ああ…、俺はトースト二枚。卵も二コな」

コーヒーメーカーのスイッチを入れてソファへもどっていく男の背中が、思い出したようにふり返って言った。

「卵って、何がいいの？」

「オムレツ」

「――いっ？」

そんな高等技術が必要なもの、作れるはずがない。

思わず目を剝いた直十に、クックッ…とおもしろそうに男が喉で笑った。

「期待してねぇよ。おまえのできるのでいい」

どうやらからかわれただけらしい。

……人の悪いおっさんだな……。

いい年のくせして、人間ができてないとゆーか。

ぶつぶつと内心で直十はうめいた。

同じ引きとられるにしても、あのご隠居とかいう人の方がよかったなー、という気がする。優しそうだし。

だいたいじゃんけんに弱いのが悪りぃんだよな…、と男の背中に舌を出し、直十はとりあえず食パンをオーブンレンジに入れ、トースターのボタンを押すと、冷蔵庫から卵をとり出した。

卵焼きも危なそうだし、ゆで卵なら、まあ、半熟指定でなければできるだろうが、せめて目玉焼きくらい…、とフライパンを探してトライしてみる。

漂い始めたコーヒーの香りの中で、慣れないキッチン――慣れる慣れない以上に直十には広すぎるのだが――に慣れない料理で悪戦苦闘しつつ、たっぷり一時間。

廿楽のコーヒー、マグカップに三杯分の時間をかけて、なんとか朝食はできあがった。

「できたよ」

ゼーハー言いつつ、それをカウンターの向こうのダイニングテーブルに並べると、家主を呼ぶ。

「ようやくか…。二度寝しそうになったぜ」

憎たらしく言いながら、男がわざとらしくあくびをしながらだらだらとやって来た。

そう思うんなら手伝ってくれればいいだろっ、――と、直十はムッとする。

男がちろっとテーブルを眺めた。

並んでいるのは、トーストとサラダと目玉焼き。それに、冷蔵庫にあったヨーグルトの小さなカップをつけて、絵に描《か》いたようなブレックファースト・メニューである。

多少、目玉焼きが焦げていたり、ところどころキュウリの皮がつながったままだったりというのはご愛敬だ。なかなかがんばった方だと思う。

どうだっ！　と鼻息も荒く男を見上げた直十の前で、廿楽は腕を伸ばしてヨーグルトのカップをとると、それをゴン、と直十の頭に落とすようにして言った。

「カップのまま出すな。皿に入れろ。横着すんな。スプーンもないだろ」

「いいだろ、そのままでも……」

無表情なままに言われて、直十は頰《ほお》を膨らませながら、カップを受けとってキッチンへもどる。

どうせ、食えば一緒なのに。

「マヨネーズかドレッシング。それにバター。ソースは……ああ、それはいいのか」

背中に追加の声がかかって、急いでヨーグルトを小鉢にあけ、ティースプーンをつっこむと、ドレッシングとバターを冷蔵庫から見つけて運んでいく。

が、それをテーブルにおいたとたん、さらにダメ出しが飛んでくる。

「バターつったら、バターナイフもいるだろ？　頭、使え」

だったら最初から言えよっ、と内心でうめきながらバターナイフを探し出し、ようやく席に着いた。

いただきます、と声に出して、直十もかなり自分の腹が減っていることにようやく気づく。

考えてみれば、まともな朝食というのもひさしぶり…、もしかして何年ぶりだろうか、という気がした。

しかも誰かと一緒に、というのは。

東京へ出てきてからはもちろんだが、叔母の家にいた頃も、朝抜きで出て、途中のコンビニでパンを買っていた。あからさまに、朝の支度をめんどくさがっていたのだ。

だから多分、母が死んで以来、だ。いや、母親が生きている時でも、仕事を掛け持ちしていた母は朝もいそがしく、まともに一緒に食べられる日は少なかった。

慣れていた、とは言えるが、やはり一人で食べるのは淋《さび》しくて、適当な食事になってしまっていた。

だからこんなふうに向かい合って食べるのは、妙に緊張する、というか、居心地が悪い。

「おまえ、ふだんは朝飯、食ってねぇんだろ？」

「……金、ねぇし。時間もねぇし」

指摘されて、もごもごと答えた直十に、男がハァ…、とため息をついた。

「ここにいる間は、必ず朝は食え。おまえの好きなモン、作っていいから」

「毎朝、俺が作んの？」

「あたりまえだ。それもしつけだからな」

……どうやら、本気でこのひと月、この男に「しつけ」られるらしい。

というか、もしかしてそういう家政婦代わりが欲しかっただけじゃないのか…？　という気もしてきた。

「次からは順番を考えるんだな。冷めてもいいものから先に作る。野菜の水切りももっとしっかりする」

わざとらしく箸《はし》で持ち上げたレタスの先からは、ポタポタと水が滴っている。

「わかったよっ」

――食えればいいだろっ！

と内心で吠えつつ、直十は自分のトーストをひっつかんだ。

ナイフを握ってバターを塗ろうとしたが、すでに冷たくなっていた生地の上ではなかなか溶けず、塗りにくい。

他の準備に一時間もかかるとは思わなかったからだが、……まあ確かに、トーストはめどがついてから焼いた方がよかったのかもしれない。

「料理でもなんでもそうだけどな。食べさせる相手の気持ちになって作れ。どうすれば相手が喜ぶのか、どんなふうにすれば相手が心地いいのか。自分だったらどうして欲しいのか。マナーの基本はそういうところだ。料理のセンスだなんだはその次の問題だ」

箸を動かしながら淡々と言われ、ムッとしたが言い返す言葉もなく、直十は冷めたトーストにかじりつく。

正直、そんなことは考えたこともなかった。そもそも、他人のことを考えるほどの余裕もなかったのだ。

「おまえ、目玉焼きは塩コショウ派なのか？」

と、ふいに聞かれて直十は、えっ？　と顔を上げた。

「あ…、目玉焼きはうちがそうだったから。あ、ダメだった？」

ちょっとあせって答えると、男は唇だけで小さく笑う。

「いや。俺もそうだ。ただ半熟がいいな」

さっきみたいにからかっているようでもなく、どこか優しい笑みだった。

「……ゼータク言うなよ。初心者に」

ぶつくさと答えながら、それでも初めて褒めてもらえたようで——いや、決して料理を褒められたわけではないが――妙にホッとする。

「明日はもちっとうまくやれ」

文句を言いつつもしっかりと食べながら、何気なく言われたその言葉に、なぜかふっと、胸の奥が熱くなった。

明日もやらされる、というより、またもう一度、チャレンジできる――ということにだろうか。

劇団で…、もともと、というか、今でもだが、直十はほとんど素人も同然だった。正式に何を教えてもらったということもないし、すべて自己流、あるいは見よう見まねだった。

人数が足りないから、いつも端役はまわってくる。いくつものも小さな役を掛け持ちすることも多い。だがちょっと大きい役だと、劇団内でのオーディションになった。以前、それで役がついたこともあったのだ。

だが舞台稽古の途中で演出の要求にうまく応えられず、「もういい。代われ」とあっさりと外されてしまった。

チャンスを活《い》かせなかった、と言えばそれだけのことだ。自分に力がないのはわかっていた。

それでも悔しかったし、自分ができなかったのがもどかしかったし、もう一度、チャンスが欲しかった。

だが直十の成長を悠長に待ってくれるほど、劇団に時間も余裕もなかったのだ。

もちろん、料理とはぜんぜん違うんだろうけど。

でも次はもっとうまくなれるかも、と思えるのは、なんだかうれしい。自分にできることが増えるのも。

「明日からも朝飯は基本、九時から十時の間でいいが、おまえはその前に起きて、朝のランニングと腹筋五十回だからな」

と、ぼんやりしていた直十の耳にそんな男の声が飛びこんできて、えーっ！ と声を上げていた。

「なんで運動なんだよ？ 俺が覚えるのって礼儀作法とか、そういうやつだろ？」

「なんにしても身体は資本なの。クラブのバイトをしたいんなら、ある程度、体力作っとかないとな。高埜、あれでマジ、人使い荒いぞ？ 客がいる間は立ちっぱなしだしな」

言われて、うっ…、と直十はつまる。

顔はいいが性格の悪そうな、クラブの男を思い出す。確かに、人使いは荒そうだった。

「ああいう仕事は目に見える以上にキツイんだ。だがそれを客には見せずに、優雅に振る舞う必要があるしな」

続けて言われ、確かに高埜は常に客には穏やかな笑みで対応していたのを思い出す。

あのレベルを要求されると、それはちょっとつらいかもしれない。

ゆうべ、あのじゃんけんのあと、直十の賭――廿楽の賭、というべきか――には、さらに細かい条件がつけられた。

テストの段取りとか、合格の基準とか。正式なテストの日時とか。

オヤジたちはそういうめんどくさい取り決めを嬉々《きき》として論じ合い、わざわざ文章に起こしたくらいだ。

その中で、とりあえず火曜、木曜と土日の週に四日、直十はあのクラブでバイトすることに決まったのだ。廿楽の、自分にも仕事があるし、四六時中面倒はみられない、という主張が通ったらしい。

髙埜は賭には参加していないので中立の立場で、ことさら直十の「しつけ」に関わるわけではなく、あくまでクラブ内のバイトに必要な技術を教える、ということになっている。……らしい。

それでもある程度の礼儀作法は仕込まれるわけで、まあまあ形だけは勝負できるんじゃないか？　と言われていた。

それにしても、話し相手《コンパニオン》になれるくらいのマナーと教養、といわれても、具体的に何をすればいいいのか、まったくわからない。

「そういえば、あんた、仕事は行かなくていいのかよ？　重役出勤？」

朝食のあと、食器洗浄機の使い方を教えてもらい、直十はあと片づけをしながらキッチンからふと、尋ねた。

普通のサラリーマンなら、とっくに出勤時間は過ぎている。それとも、文字通り、そういう身分なのだろうか？　どこかの社長とか。あるいは見かけによらずどこかのエリート社員で、自分の好きな時間に出社していいとか。

「まぁな…」

「んで、今日は俺、何をすればいいの？」

「そうだな…」

しかし返ってくるのはそんな生返事ばかりで、とりあえずざっと水で流した食器を洗浄機に入れてから、直十はひょいとリビングの方へ顔を向ける。

――と。

「おいっ…！　人のモノ、勝手に開けるなよっ！　プライバシーの侵害だろ！」

いつの間にか直十のデイパックがリビングに運ばれ、中身が物色されていた。

昨日もクラブでチェックされていたが、そういえば廿楽は見ていなかったようだ。今回は中身がすべて、テーブルへぶちまけられている。

「やかましい。おまえにこのひと月、基本的人権はない」

思わずリビングへ飛び出していった直十だったが、きっぱりと言い切られて絶句する。

……まあ、今さら見られて困るものもないのだが。

「汚れものは全部、洗濯機へ放りこんどけ。あとでやり方を教えるから」

ヨレヨレのタオルとかシャツとか下着とか靴下とか…、無造作に仕分けされて床へ放り出され、あわてて直十はかき集める。

歯ブラシとコップはゆうべ使ったので洗面所だったが、それ以外はといえば、袋麺が一つと、小さな手鍋《てなべ》とプラスチックの丼《どんぶり》。以前、劇団でやった舞台の脚本《シナリオ》が三冊、公演のチラシが一枚。それと専門学校時代の学生証が入ったカードケースに、携帯の充電器。

そして、かなりボロボロになった文庫本が一冊――くらいのものだ。

「これ、もう切れてんじゃねぇのか？」

プラスチックカバーの割れたカードケースを持ち上げて学生証を確認し、廿楽が眉をよせる。

専門学校は去年、卒業しているから、もちろん何の効力もないわけだ。

「だって…、他に身分証とかねぇし。免許証とかも持ってねーし」

「あぁ…。まあ、年金とか保険料とか払ってるわけもないな」

納得したのか、無精ヒゲだらけの顎を撫でながら男が一つうなずく。

そうだ、と、ようやく直十もそれに気づく。

考えてみれば、アパートを借り直すにも保証人がいない。前のアパートは、一応叔母がなってくれていたのだが、今度はさすがに頼めないのだ。

保証してくれる紙切れ一枚、人一人もおらず、どうしたらいいんだろ…、と急に不安になってくる。

保証人がいなくても借りられるアパートはあると思うが、そういうところは家賃の取り立ても厳しく、バックも危なそうだと聞いたことがある。それこそ、本物のヤクザなんかが多くて。

……とすると、やはりここは住み込み可、というのあのクラブでのバイトを、石にかじりついてもゲットするしかないのだろうか。

いかにあのクラブや、そこに集まるオヤジたちがうさん臭かろうと、――だ。

と、廿楽が文庫本に手を伸ばして手元に引きよせると、ふいに尋ねてきた。

「守田《もり》恭司《たきょうじ》ね…。好きなのか？」

いくぶんバカにしたように聞かれ、思わずムッと返す。

「悪いかよ？」

「別に悪かないが」

廿楽が鼻を鳴らした。

守田恭司はその本の作者だが、基本的には脚本家で、演出家でもある。

かなり売れっ子の、と言っていいだろう。テレビや映画、舞台の脚本も多く手がけていた。

この本も、もともとはオリジナルの舞台の脚本として書かれた話で、それが話題となり映画化もされて、大ヒットを飛ばした。この文庫はそのノベライズだったが、後半に舞台の方の脚本もついていたので買ったのだ。

直十はその舞台に出演した先輩にくっついてモギリの仕事を少しだけ手伝い、その代わり、劇場の端っこからその舞台を見せてもらった。

展開の早い、ミステリー仕立ての話だったが、さまざまなクセのあるキャラクターが秀逸で、現実を忘れるくらいおもしろくて――多分、それから、この世界にのめりこんだのかもしれない。

自分がこの人の舞台に立てるとは思わなかったが、それでも……できれば何かの偶然で一度くらい、と密《ひそ》かに思いながら。

――どうせ、この男にはそんな気持ちはわからないだろうけど。

おもしろいのかねぇ…、とぱらぱらめくりながら独り言のように言うと、廿楽はそれを投げるようにテーブルにもどした。

「なるほど。劇団に入ってんだな…。バイト代、全部つぎこんでたのか？」

そして、コピーをホッチキスでとめただけの脚本と四つ折りになっていたチラシを開いてちらっと眺め、つぶやくように言った。

チラシにも脚本にも、一応小さく、直十の名前が入っている。芸名など考える余裕もなかったから、本名のままだ。

「そーだよ」

いかにも、バカだな…、と言いたげに聞かれ、直十は開き直るように答えた。

悪いかっ、と言い返すみたいに、男をにらみながら。

が、それにふっと、廿楽の目元が笑う。

「要領の悪いヤツだな…」

苦笑するようにつぶやかれた言葉は、やはりバカにしているのか、あきれているのか。

一通り直十の持ち物――全財産をチェックしてから、よし、と廿楽が立ち上がった。

「とりあえず、今日は買い物に行くか」

……買い物？

直十は心の中で首をかしげたのだが。

どうやらこの日は、背中で「プリティ・ウーマン」のテーマソングがかかっているようだった。昔、つきあっていた彼女と見たことがある映画だ。

まとめてそろうところが楽だよな…、と独り言を言いながら、車で直十が連れて行かれたのはデパートの一つだ。

平日でそこそこ空《す》いている店内を、まずエレベーターでかなり上のフロアまで一気に上がり、それからエスカレーターで一つずつ降りながらいろんなものを買いこんでいく。

すべて直十の服や身のまわりのものだ。シャツにジーンズにブルゾン。

最初の店で新しく買った服と交換し、着ていた服はすべて処分された。

さらにカジュアルな上下の組み合わせでいくつかと、今まで着たこともないようなフォーマルなスーツも一式。ネクタイを数本。

楽な部屋着に、下着に、パジャマ。靴下とベルト。さらにジャージなどのトレーニングウェアとパーカー。帽子。

文字通り、何から何まで——だ。

革のコートにサングラスという無精ヒゲの男は、そうでなくともこんなデパートにはいかにも不似合いで、かなり目立ちまくっていた。

これで連れているのがケバいねーちゃんなら、まんま、ヤクザと情婦――というところだろうが、今の自分たちはどんなふうに見られているんだろう……？

と、内心で思いつつ、直十もついていくしかない。

まあ、買い物に来たヤクザと荷物持ちの舎弟、というところかもしれないが。

「……ああ、靴もいるな。カバンとか財布もいんのか……？」

ぶつぶつと言いながら、廿楽はさらに買い物を進めていった。

直十は両手におそろしい数の紙袋を抱えることになったが、さすがに途中で店員が引き取って、車まで運んでくれる。

だがさらにおそろしいのは、その買い物に要した時間が、たったの二時間ほどだということだ。

廿楽はほとんど迷うことはなく、直十に意見も求めなかった。

ざっと歩きながら店を眺め、いきなり立ち止まると中へ入り、手早くいくつか選んで直十に試着させ、うなずくか、首をふるか。

たまに迷った時に、どっちが好きだ？　と聞いてくるくらいで。

この二時間の買い物だけで、いったいどのくらいの金額になるのだろう？　きっと直十の生活費、何カ月分だ。

さすがに冷や汗が出てくる。

だいたい、何の見返りもないのに金を出してくれるほど、世の中、甘いはずもない。……と、重々、わかっている。

「いいのか…、これ……？」

途中でおそるおそる尋ねた直十に、男は不敵な笑みでさらりと答えた。

「心配するな。賭に勝てば掛け金でチャラになる。ほとんどみんな、おまえが失敗する方に賭けてるからな」

「ま、負けたら…？」

それはあんたに負けてほしいっていう期待じゃないのか…？

と内心で思いつつ、首を縮めて尋ねた直十に、廿楽は上から顔をのぞきこむように身を近づけ、わずかにサングラスをずらすと、ニッ、と笑った。

「カラダで返してもらうに決まってんだろ？　泡風呂に沈むか、一生、俺のドレイか」

ぞぞぞっ、背筋を寒気が走り抜ける。思わず両腕を盾にするようにして、身を引いてしまった。

いや、ヤクザじゃないはずだが…、しかしやっぱり疑いたくなる。

「かっ…、金賭けるのって違法じゃねーのかよっ？」

さんざん人を犯罪者扱いしたくせに。

「仲間内のほんのお遊びだからな」

うそぶくように言うと、さっさと車にもどってマンションへ帰り始めた。

「――あ、忘れてた」

が、途中で思い出したように急ブレーキをかけられ、急に車の方向を変えると、何も言わずにどこかへ走り始める。

ついた先は、どうやら美容院だった。散髪屋でさえここしばらく行ってないのに、美容サロンなど始めて足を踏み入れて、直十は思わずきょろきょろしてしまう。さすがに早い安いの格安散髪店とはまるで違って、明るく広い、高級そうな店内だ。

「こいつを頼む。お任せでいい」

馴染《なじ》みらしい三十前後の店長に、甘楽が直十の髪をくしゃっとかき上げるようにして、オーダーを出した。

「甘楽さんはいいんですか？　結構、渋めになってますけど？」

はっきり言うと、むさい、ということに他ならないが、店長の絶妙な言いまわしに直十は感心する。さすがは接客業だ。

が、それに手をふっただけで、甘楽はさっさと先に帰ってしまった。

「……お任せって言ってたけど、大丈夫？」

さすがにおしゃれな髪型のイケメンな店長にあらためて聞かれたが、いいです…、と直十は首を縮めて答えるしかない。

こんな店で具体的に頼めるほど、直十に知識もセンスもない。

一時間ほどして鏡の中にできあがった顔は、自分でも、えっ？　と思うくらい、すっきりと垢抜《あかぬ》けていた。長さが調整され、軽い癖毛がナチュラルな流れをつけている。

「ああ…、カワイイね。廿楽さん、やっぱり男の子を見る目、あるなァ……」

仕上げのスタイリングをしながら楽しそうに言った男の言葉に、直十は思わずギョッとして尋ねていた。

「あの人…、そんなによく、若い子、連れてくるんですか？」

「たまにねー。君くらいの子。みんな素材がよくてねー」

やっぱり、かなりあやしいんじゃ…、と、ビクビクしつつ、しかし今さら逃げることもできない。

そう。ともかくひと月。あのクラブで働けるようになれば、そっちへ移れるのだ。

直十は渡されていた電車代を使って、なんとかマンションへ帰り着いた。

「ほう…、見られるようになったな」

もどって来た直十をじろじろと眺めながら、廿楽がそんな感想をもらす。

「ま、ここまでが事前準備だ。あとはこれ。その空きスペースがたっぷりありそうなアタマに、詰めるだけ詰めこめ」

リビングの入り口に立っていた廿楽がそのでかい身体をどかすと、ローテーブルの上に何かがうずたかく積まれているが目に飛びこんでくる。

本――だ。テーブルを埋めるくらい、どさっと数十冊。

「え…？」

それを見つめて、直十は絶句した。

「おまえの頭でもわかりやすそうなのをジャンル別にしてある。とりあえず、一日、二冊読め。それと、毎日四百字でいい。レポート提出。手書きだぞ」

「無理ッ！　絶対無理ッ！」

顔色を変えて、直十は叫んだ。

学校の教科書だって、まともに読み通したことがないのにっ。

「無理なわけあるかっ！　てめぇ、俺に歌わせる気かっ!?」

目を吊り上げて鬼の形相で一喝すると、廿楽は直十の頭上からぎゅぅぅぅっ、と力いっぱい耳を引っ張った。

「いでででで……っ！」

引きちぎられるような痛みに、直十は涙目で飛び上がる。

「いいか。おまえが俺の歌を聴く時は、首から下は土の中だからなっ！」

――こうして、地獄の「しつけ」が始まったのだ……。

◇　　◇

翌日。

直十は蹴《け》り飛ばされるようにマンションを出て、再び「ＲＤＣ」へと訪れていた。

この間は忍びこんだ庭をおずおずと通り、赤いドアの横のインターフォンを押すと、見覚えのある顔が出迎えてくれる。

例の、高埜――という男だ。

繊細で整った容姿で、さすがにぴしり、と折り目正しい雰囲気だった。

「従業員になりますから、次からは裏にまわってください」

淡々とそう注意した高埜は、クラブの開く時間前だからだろう、ジーンズとシャツというラフなスタイルで、大きめのエプロンも着けている。

どうやら庭の手入れをしていたようで、片手にはスコップ、両手の手袋にも泥がついていた。

とりあえずと通されたのは先日のサロンだったが、人がいないせいか一昨日《おととい》の夜のようなにぎやかさはなく、建物が広いだけに妙にひっそりとものさびしい雰囲気だ。

どうやらこの家に常駐しているのは、この高埜だけのようだった。他のスタッフ――といっても、厨房《ちゅうぼう》のシェフくらいのようだが――は通いのようで、大がかりな掃除やクリーニング、家のメンテナンスは定期的に頼んでいるらしい。

「日常に使う場所の掃除は手伝ってもらいますから。接客については指導させてもらいますので、その点では若頭に協力することになります。……まあ、正直、私としては若頭の歌を拝聴したいところですけどね」

ちらっと微笑んで言われて、あっ、と直十は思い出し、おそるおそる尋ねた。

「あのー…、つ…、いや、若頭って、歌…、うまいの……？」

多分、苦手なんだろうな、と予想はつくが、とりあえずそんなふうに聞いてみる。

「ええ、とても。伝説ですよ」

にやり、と口元で微笑んで、いかにも意味ありげに言った男の目は明らかにおもしろそうに瞬いている。いわゆる反語、なのだろう。

伝説、とまで言われる廿楽の歌声を聞きたい気もしたが、……しかし、直十としても生活がかかっている。こういうのを一蓮托生《いちれんたくしょう》というのか、呉越同舟《ごえつどうしゅう》というのか。

……ゆうべ、頭の隅に詰めこんだ四文字熟語の使い方は正しいだろうか？

「一般的な接客マナーについては、まあ、ひと月あればなんとか、形にはなるでしょう」

暗に、私が指導するのですから、と言われているようで、ちょっとぞくっと、背筋に冷たいものが走る。嫌な予感、というのか。

と、高埜の表情がふっと厳しくなる。

「とりあえず、言葉遣いには気をつけて。一昨日のようなしゃべり方では困ります。それと、姿勢」

「――いてっ！　何すんだよっ！」

わずかに背後にまわった高埜に、いきなりバシッ！　と腰のあたりをたたかれ、直十は思わず声を上げた。

「きっちりと背筋を伸ばして。前屈みにならないように。お客様に何かお出しする時にも、背中を曲げるのではなく、腰から曲げる」

腹に力をこめながら、くそっ、と直十は内心でうめく。

廿楽といい、高埜といい、どうしてこう手が出るんだ……。

暴力反対、と、こっそり心の中でつぶやく。

「今までアルバイトの経験は？」

「あ…、いろいろ。短期のが多かったけど…、えっと、居酒屋とかも」

あわてて答えた直十に一つうなずいて、高埜が続けた。

「居酒屋とは客層も年齢層も違いますから。元気がいいのは結構ですが、あまり大きな声は出さないように。常に余裕をもって、丁寧に」

「はぁ…」

「返事は必ず、はい、とはっきり」

ちろっと冷ややかな眼差しで指摘され、首を縮めて、はい、と答え直す。

「私のことはマネージャー、もしくは髙埜と呼んでください」

淡々と男が言った。

なるほど、どうやらこの男が支配人《マネージャー》ということらしい。

「髙埜…」

って、名字だろうか？

そんなことを考えていると、すかさずチェックが入る。

「さん」

「……髙埜さん」

にっこりと、口元は笑っていたが目は笑っておらず、あわてて直十は言い直した。

「結構。では、とりあえず今日は掃除と…、挨拶《あいさつ》の練習をしておきましょうか」

「ハイ…」

恐《こ》ええ。なんかある意味、廿楽より恐えぇ……。

廿楽のように強面ではないが、また別の迫力がある。

——鬼が二匹かァ……。

この先のひと月を思い、直十はそっとため息をついた——。

「どうだ？」

直十がマンションに来て一週間ほど。

この日は夜の七時前になって外から帰ってきた廿楽が、リビングでぼんやりと本を広げていた直十の頭上から尋ねてきた。

マンションにいることも多く、何の仕事をしているんだか相変わらず謎《なぞ》だが、それでも週に何度か、昼間には出かけているようだ。

「頭が麻婆豆腐《マーボー》……」

レポート用紙とペンを横に、テーブルにへたったまま、直十はうめくように答える。

「意味はわからんが、イメージはわかるな」

ぼそっと廿楽がつぶやいた。

コートを脱いで、どれ、と身を屈めると、直十の読んでいた本を上からのぞきこむ。

今、直十が開いていたのは「男の着物　季節の装い」というやつだ。モデルの男が着物を着て立っている写真とか、着物と帯の組み合わせの写真とか。写真が多くて、読むには楽なのだが。

正直、なんでこんなもの…、という気がしてしまう。

「着物の色と柄を覚えとけ。特にその、付箋《ふせん》で印つけてるやつ。ちょっとズルだが、今の季節ならそのあたりだけでいい」

背中から肩越しに指さして言われ、直十は首をかしげた。

「色って…、色は見ればわかるだろ？」

柄はともかく。自分もそこまでバカじゃない。

「わかると思うか？」

しかし腕を組み、しかつめらしい顔で見下ろされて、あわてて解説の細かい文字を読み直す。

写真の横の説明には、確かに色らしい言及があった――が。

「なんだよ、これ……？」

思わず呆然とつぶやいてしまう。

藍《あい》…、はまだしも、浅黄《あさぎ》、萌葱《もえぎ》、縹《はなだ》、利休《りきゅう》……って色なのか？

柿《かき》、ってオレンジと違うのかよ、オレンジじゃダメなのかよ？　と言いたくなる。

「だから、色だっつーの」

「あんたはこれっ、全部知ってんのかよ？」

冷たく言われ、直十は思わずガバッとふり返った。

「知ってるわけねーだろ。必要なら、必要な時に本を見る」

「卑怯《ひきょう》っ！」

「俺は仕事で連中の話し相手になるわけじゃないからな」

勝手な言い草に叫んだ直十だったが、あっさりと流された。

「……マジ、これ、覚えんの……？」

のろのろと本を見直してうめいた直十にかまわず、廿楽はさらに続けた。

「あとはできれば素材。ま、テストの時期の着物だと限定されるからな。それと合わせた小物につい
て言えれば、なおよし」

「そっ…そんなの、テストに出んのっ？」

絶望的な声を上げた直十に、廿楽が肩を落として深いため息をついた。

「テストってペーパーじゃないぞ？　言ってただろ？　メンバーと一人五分くらいずつ話す、って。

それがテストなの」

コンコン、と手慰みみたいに直十の頭をたたきながら言う。

「話す…、だけ？」

そういえば「話し相手《コンパニオン》」のテストだっけ…、と思い出しながら、直十は頭をよける。

「話すだけ。だがそれで、おまえの知識と教養と人間性が測られる。今回はそういう賭だから、こと
さらな」

「人間性……？」

さらりと言われて、無意識にぶるっと震えてしまう。

「五分も話せばたいていわかる。あそこはそういうレベルの連中が集まってる、ってことだ」

「あんたもその一人なんだろ？」

ちょっと皮肉な調子で言うと、廿楽は軽く肩をすくめた。

「俺なんぞはあの中ではまだまだ若造だ。勉強になることの方が多い」

が、あっさりと返され、へー…、と直十はつぶやいた。

「意外に謙虚だな…」

思わず口に出た言葉に、「意外にはよけいだ」と、容赦なく拳が落ちてきた。

「『話し相手《コンパニオン》』っていうのはこっちの知識をひけらかしてしゃべることじゃない。むしろ、相手の話を聞く能力だ。それに適切な相槌《あいづち》が打てることだな」

「相槌…？」

「的を外した相槌だと、相手の評価は一気に下がる。つまり、本に書いてることだけ丸暗記すりゃいいってモンじゃない」

淡々と言われた言葉の重み、思っていた以上の難しさと複雑さに、直十はちょっと唾を呑みこんだ。

「だから、そうだな…。たとえば、ご隠居がクラブに来た時、『今夜の帯は献上博多帯《けんじょうはかたおび》ですか。粋《いき》ですね』とか言えりゃ、相手も喜ぶし、おまえも認められる」

「むっ…、無理だって、そんなの！」

目を見開いて直十は叫んだ。

ひと月くらいつけ焼き刃《やいば》に特訓したところで、逆立ちしてもそんなセリフは出てこない。

「高埜は多分、そのくらい言えるぞ」

「一緒にすんなよ……」

げっそりと首を折ってため息をついた。

……あの人のレベルを求められても。

クラブの営業時間（というのだろうか？）は、平日と土曜は夕方の六時から十二時まで。定休日は月曜で、日曜は昼の三時から夜の九時までという、中途半端な時間らしい。日曜は訪れるメンバーも少ないようだが、他に遊びに行く場所のないメンバーが日中、暇を潰《つぶ》しに来るのを受け入れている、という感じだろうか。

直十のクラブでのバイト時間は、昼の三時から夜の十一時までだ。

客が来る前に、家中の掃除やそれぞれの部屋の準備とチェックをすませる。閉店を待たずに帰れるわけだが、十一時を過ぎればさすがに居残る客の人数も減り、高埜一人で間に合うらしい。

とはいえ、あのクラブを実質一人で切り盛りしているのはすごいと思う。

すでに数日、一緒に働いたわけだが、高埜がかなりの完璧主義者なのは身に染みてわかった。

接客の指導も相当に厳しい。言葉遣いから表情、立ち居振る舞い、指先までの使い方。激しい運動をしたというわけでもないのに、体中がピキピキ痛い。

「まぁ、脳みそが麻婆豆腐になるくらいがんばるんだな」

無慈悲に言った廿楽は、コートをおきに部屋へ行こうとして、それに気づいたようだ。

奥のダイニングテーブルに近づき、ぽつん、と上に乗っているカップラーメンを見つめる。

「……なんだ、これは？」

物騒な声が尋ねてくる。

「あ、夕ご飯……」

ハハハ…、と直十は思わず、愛想笑いを返した。

「た、たまには……さ」

「なめてんのか、てめぇ！」

大股《おおまた》に二歩ほどで直十の横にもどってくると、問答無用でヘッドロックがかけられる。

「だって、時間なかったんだよっ！」

ぐぇっ、と喉をのけぞらせながら、直十は必死に言い訳した。

今日は七時頃に帰るから夕食の準備をしておけ――、と昼前に廿楽が家を出る時、言われていたのだが、バイト疲れが出たのか、うっかり夕方から昼寝してしまい、気がついたら六時を過ぎていて、買い物に出られなかったのである。

「甘えんなっ！　ここにいる間は毎晩、違うメニューを出せっ！」

「そんな毎日、新しいメニューなんか考えらんねぇよぉっ」

「たった週三日だろうがっ」

確かにバイトの日をのぞけば、マンションで夕食を食べるのは週に三回だ。しかし本を見ながらの料理は、かなり手間も時間もかかる。

「……ったく、仕方ねぇな。今日は俺が作ってやる」

ぐったりとソファへ沈んでギブアップした直十をようやく解放し、舌を弾きながら男が言った。

「できんの？　料理？」

自分が苦手だから、人にやらせているのかと思っていたが。

「おまえよりは遥《はる》かにうまい」

ちょっと驚いて尋ねた直十に、あっさりと答えが返る。

「食いたいもん、あるか？」

「ええと…、麻婆豆腐？」

さっきの会話が頭に残っていたのか、思わずそれが出てくる。

「おまえな…」

あきれたようにつぶやいたものの、廿楽は冷蔵庫を開けて中をチェックした。

「ふーん…、豆腐と挽肉《ひきにく》はあるんだな。材料あるなら、おまえだって作れんだろうが」

じろっとふり返って言われ、あわてて直十は首をふった。

「作ったことないって、そんなの」

「ま、このへんで一回、冷蔵庫も片づけておかないとな…」

冷蔵庫の中をより分け、いくつか食材をとり出しながら、廿楽がつぶやいた。

直十は自分で作れるレシピがないから、毎回本を見て、作れそうなのを選んで、それに合わせて材料を買ってくる。だから半端にいろんなものがあまってしまうのだ。

そのあり合わせの材料で、廿楽は手際よく麻婆豆腐と野菜炒《いた》め、という定番の中華メニューを作っていった。

廿楽が料理をするのがめずらしく、直十はカウンター越しにそれを眺めてしまう。

確かに、もたもたと直十が作るよりも遥かに段取りよく、手早く料理はできあがっていった。炊きたてのご飯の他に、麻婆豆腐と野菜炒めは大皿に盛られて、小分けのとり皿が用意される。

ダイニングテーブルで湯気を立てる料理は、かなりうまそうだ。直十が作ると、やはりもたもたすることが多くて、少しばかり冷めていることも多いから。

さらに温かい烏龍茶《ウーロンチャ》まで大きめの湯飲みに注がれる。

「うまっ！」

ピリ辛で少し舌に熱いくらいの料理は、身体まで温かくする。

「あ、麻婆丼ってしていい？」

かなりの勢いで食べ進めてから、茶碗《ちゃわん》に半分くらい残ったご飯を眺めて、直十は尋ねた。

口にしてから、行儀悪いって怒られんのかな…、とちょっと心配になる。

「好きに食え」

が、男は口元で小さく笑ってそう言った。

ほくほくと残りのご飯に、大皿に残っていた麻婆豆腐をのせてかきこむ。

「料理、うまいんだな」

ふわーっと満たされた気分でイスの背もたれに身体を預けて言った直十に、男が烏龍茶をすすりながら答えた。

「料理はおもてなしの心なの。自分だけで食うんならともかくな。作る時もだが、それを運ぶ時も、テーブルにおく時も」

つまり、おいしく召し上がってください、と思いながら運べ、ということだろうか。クラブでも。

直十がクラブでバイトをしている時間帯には、廿楽もよく顔を出していた。時々、直十が料理や飲み物を運ぶこともある。

「そうすると、料理がきれいに見える皿の向きとかを考えるようになる」

そういうもんかなー…、と実感なく思いながら、直十はちょっと首をかしげた。

「じゃああんたは、俺においしく食べさせたいって思ってたわけ？」

「おまえはうまそうに食うから、作り甲斐《がい》はあるな」

小さく笑ってそんなふうに言われ、ふーん…、と直十はちょっと顎を出すようにしてうなった。

なんでもないふりで、しかし心の中は妙にくすぐったいような感じで、無意識に頬《ほお》が緩んでしまう。

誰かが自分のために作ってくれる、というのは……多分、母親が死んでから初めてで、やっぱりうれしかった。

「片づけとけ。風呂入ってくる」

言われて、直十があと片づけをしている間に、廿楽はシャワーだけでさっさとすませたらしい。いつも長風呂をする方でもないようだが。

腰にタオルだけを巻いた格好で、冷蔵庫にビールをとりにくる。

オヤジだなー、とあきれながらも、剥き出しの身体は、同性としてはちょっと見惚《みほ》れるくらい体格がいい。身長もだが、筋肉のつき方とか、……なにげにアソコも立派そうだ。

自分がどちらかというと貧弱な体型なので、やっぱり憧《あこが》れてしまう。

「いいカラダ、してんだな…」

思わずつぶやいた直十を横目に、廿楽がにやっと笑った。

「惚れるなよ？」

それに、ふん、と直十は鼻を鳴らした。

「逆だろ？　『マイ・フェア・レディ』って、ヒギンズ教授の方が花売り娘に惚れるんじゃねぇの？」

そのＤＶＤも、ここに来た翌日に貸してもらって見ていた。ミュージカルなのか、と思いながら、まあおもしろく見たが、俺はこんなに訛《なまり》はねーよ、と思ったものだ。

「つくづく素材がなー。ヘップバーンならそりゃ、磨き甲斐があるんだろうけどなァ…」

カウンターに肘をつき、肩を落としていかにもがっかりしたような口調で言われ、ムッと直十は口をとがらせた。

「うっせえよ、おっさんっ」

「口の利き方」

――自分だって口、悪《わ》りぃくせに。

ぴしゃりと言われて、直十はことさらバカ丁寧に言ってやった。

「うるそうございますわよ、おじさま」

「オヤジ言うなっつってんだろっ、このくそガキっ」

首を絞められ、密着した身体に思わずドキッとする。

父親を知らなかったから、大人の男とこんなふうにじゃれあって遊んだ記憶がない。甘やかされた記憶も。そう…、何かをまともに買ってもらったようなこともなかった。誕生日や、クリスマスや…、そんな時でさえ。

年も十六、七歳くらいは離れているはずで、これまでの生活に何の共通点もないはずなのに、なぜか甘楽と一緒にいるのが楽で、楽しかった。

甘楽には気を遣う必要がない。……多分、それは甘楽の方がそんな空気を作ってくれているのかもしれないけれど。

ずっと一人だった。唯一、身内、といえる叔母の家にいた時でも。

まったくの他人のはずなのに、今の方が居心地がいい。

野生のリスが、ちょうどいい巣を見つけたみたいに。野良猫がようやく、心地よい居場所を見つけたみたいに。

何気なく誰かと触れ合う体温が、肌に沁《し》みるように温かかった……。

◇　◇

それまでの人生とはまるで世界が違う二週間が、わけもわからないうちに過ぎた。最初のうちは本当に、頭も身体もついていかない状態だったが、それでも二週間たてばなんとなく生活のリズムもできてくる。

夏休みの宿題みたいに積み上げられた本も、一日二冊と言われると、ゲッ、となったが、案外薄く、写真の部分が多かった。もしかすると、そういうのを選んでくれているのかもしれない。

もちろんアイドルのグラビアというわけではなく、写真やイラストでの説明や、図鑑のような感じだ。めくっているだけでも、まあまあおもしろい。

とはいえ、レポートの課題もある。自分が気になったこととか、おもしろいと思ったことを書きとめるだけでいい、とは言われていたが。

この日は廿楽も仕事なのか、昼前に出かけていた。直十はクラブのバイトがない日で、代わりに午後から指定された展覧会へ足を運んできた。

バイト以外の日は比較的きっちりと、美術館だの、博物館だの、展覧会、展示会だのと予定が組まれているのだ。

今までそんな場所に足を踏み入れたことはほとんどなく、俺が見たって価値はわかんねーよな…、と思いつつも、パンフレットを買って、絵画だの陶器だの書画だのを眺めるだけ眺めてくる。

きっと世界的に有名な美術品もたくさんあるのだろうが、正直、よくわからないし、覚えてもいられない。

無駄なんじゃないのか…？　と思ったが、とりあえず、感じたことを心にためとけ、と言われて、一応、自分の印象をメモしておく。

帰って見返すと、おもしろい、とか、色がキレイ、とか、形が不思議、とか、……バカっぽい感想だな、と自分でも情けなくなるのだが。

それでも、なんとなく好きな絵を見つけたりすると、会場を出る前にもう一度、見に行ったり、ポストカードを買ったりしていた。

そして帰りには、廿楽に頼まれた買い物をしていく。

廿楽は時折、妙な買い物を指定してくるのだ。中には、何に使うのか意味不明なものもある。

電気屋で最新の電動歯ブラシとか（むろん、これは歯ブラシとしてしか使い道はないはずだが、なぜか洗面所で見かけない）、駄菓子を適当に千円分、とか。

剣山とか割烹着《かっぽうぎ》と言われた時には、どこへ探しに行けばいいのかわからず苦労したものだが、聞いてもどうせ「自分で考えろ」と教えてくれそうになかったので、スーパーとか花屋とか料理用具の店へ行って、人に聞きながらなんとか手に入れた。

今日はパウダースプレーとアロマキャンドルだったので、まだわかりやすい。ついでに夕食の買い物もすませて、ようやくマンションへ帰ってきた。

スーパーのビニール袋と買い物の紙袋を片手にまとめ、マンションの正面玄関でポケットからキーをとり出す。

廿楽には合い鍵を渡されていた。

それに、日々の買い物のためにかなりまとまった現金も。

——持ち逃げするって考えねーのか…？

と、ちょっと不思議な気もした。

最初に渡されていたのは十万ほどだが、世の中ではこれよりずっと少ない金額で強盗殺人が起こるくらいだ。

それに合い鍵にしても…、いない間に家中物色されて、金目のものを根こそぎ盗まれる可能性だってあるのに。

単にアホなのか、……信用してくれているのか。

信用に足りるだけ、よく俺のことも知らないくせに…、と思う。

いや、そもそも信用する方がどうかしている。もともと直十は、あのクラブに忍びこもうとしていたのだ。しかも、脅すことまで考えて。

それでも…、手の中のキーの重さがちょっとうれしかった。

劇団の稽古場にだって、本当は直十が一番、よく出入りしていた。掃除のためでも、舞台の準備のためにでも。

だが先輩が直十に鍵を預けてくれることはなかった。

――なくされると困るしな。おまえ、ちゃんと管理できねーだろ？

そんな言葉で。

だからいちいち、行く前に借りにいかなくてはいけなかったのだ。それがあからさまに自分たちの上下関係を示しているようで、居心地が悪かった。

やることは多いし、こき使われている気もするし、扱いは結構、乱暴だったけど、……でも、廿楽のところは居心地がいい。

と、マンションの部屋の前まで上がってくると、直十はドアの前に見慣れないビニール袋が吊り下がっているのを見つけた。

なんだ？　と思って中を見ると、封筒が一つ、付箋紙が貼《は》られて入っている。

『間違って入っていました』

という、短いメモ書きだ。どうやら、同じマンションの別の郵便受けに入ってしまったものを、届けてくれたらしい。

親切だなー、と思いながら、それも持って中へ入る。

とりあえず生ものを冷蔵庫にしまってから、手紙を手にふと、考えこんだ。

ちらっとふり返って、廿楽の仕事部屋のドアを眺める。

これをおきに、という言い訳なら、入ってもいいんだろうか？

まあ、手紙はどうやらクレジット会社からの明細書か何かのようで、そのへんにおいておいても問題はないんだろうが。

入るな、と言われているこの部屋以外の掃除は直十の仕事で、一応、バイトのない日はやっている。

今日みたいに廿楽が出かけている時もあったし、こっそりのぞくくらいならバレないんだろう、とも思う。

あそこを開けると、多分、廿楽が何をしている人間かもわかるはずだ。

今でも、廿楽の仕事は謎だった。

仕事なのかプライベートなのかもわからないが、電話は比較的多いようだ。二時間ほども、ずいぶん深刻に話しこんでいる時もある。ドア越しだったから会話はよくわからないが、言い争うような感じの時も。

やっぱり、何か物騒な仕事をしているんじゃないか…？　という気もした。

舎弟に指示を出していろいろやらせる立場だとか、もしかすると興信所の人間だとか。

正直、気にならないわけではない。

その部屋に、特に鍵はかかっていないようだった。ノブはまわるのだ。鍵穴はあるから、鍵がないわけではないんだろうに。

手紙を持ってドアの前に立ち、ノブに手を伸ばして、直十は迷う。

しかし結局、やめとこ…、と思った。

廿楽が自分を信用して鍵を渡してくれているのなら、やっぱりそのくらいの信用には応えないと、という気がした。

それに…、ヘタに廿楽の仕事を知ってしまうのが、妙に恐かった。

このまま、自分がここにいられなくなるような気がして。

手紙を持ったままリビングのテーブルにもどり、ダイニングのカウンターの上におこうとして、何気なく貼られた付箋の下の宛名《あてな》が目に入る。

このマンションの住所のあと。

「廿楽……大五郎《だいごろう》？」

直十は思わずそれを読み上げた。

――大五郎？

頭の中で無意識に反芻《はんすう》した次の瞬間、ぶっ、と噴き出してしまう。そのまま、ぎゃはははははっ、と一人で大笑いしてしまった。

――廿楽大五郎！

だからか…、とようやくわかった。

他のことでは何でも直十をこき使う廿楽が、一階の郵便受けには必ず自分で、わざわざとりに行っていたのだ。

そういえば、最初から名字だけしか教えてくれなかったし。

「時代劇みたいな名前だな…」

にやにやしながらつぶやき、それをカウンターにのせると、直十はうきうきと楽しい気分で夕食の準備を始めた。


廿楽がもどってきたのは、六時を過ぎたくらいだった。

「……ほう、今日はしゃれたモンを作ってるじゃねぇか」

あとはオーブンに入れるだけ、というグラタンの下準備ができあがっていて、カウンターからのぞきこんできた廿楽が感心したように言った。

「あ、手紙、来てたよ。なんか、別のところに間違って入ってたみたいで」

がんばっただけにそんな言葉を気持ちよく聞き、ラップをとってオーブンに皿をセットしながら、直十はさりげない調子で口にした。

わかる。

怪訝そうに首をかしげ、廿楽はカウンターの手紙に気づいたようだ。

貼ってある付箋で、一見宛名は見えず、ホッとしたように、ちらっとこちらをうかがっているのが
「手紙？」

気づいてない、と思っているのだろう。

ピッピッ、とオーブンの時間と温度を指定してから、直十は何気なくキッチンからリビングへ移り、
にやりと笑って言った。

「大五郎って、アレだよな？　子連れ狼《おおかみ》」

古い有名な時代劇だ。刺客である父親と旅をする小さな男の子の名前が「大五郎」だった。おでこ
が広くて、頭の上でホウキみたいに髪をくくって。

父親のことを「ちゃん！」と高いボーイソプラノで呼んでいるのが可愛《かわい》かった。

……このいかにもむさ苦しい大五郎とはえらい違いだ。

自分の部屋へ入ろうとして、ハッとふり返った廿楽の表情がいつになく驚愕で引きつっている。

「てめぇ…」

低くうなると、いきなり腕を伸ばして直十の身体を羽交い締めにしてきた。

「なんでてめぇみたいなガキが子連れ狼を知ってんだよっ!?」

「いでででで――――っっ！」

思わず悲鳴を上げた直十だったが、それでも必死に声を上げる。

「子供の頃、ばーちゃんと一緒に再放送を見たことがあんのっ！　俺、時代劇とか好きなんだよっ」

「おまえだってナオジューじゃねぇかっ」

「その呼び方、やめろってっ」

ようやく男の腕から抜け出して、ムッとして言い返し、……ふと、思い出す。

そういえば、最初に会った時、あのクラブで廿楽はすぐに「なおと」とオーナーの読み方を訂正していた。

たまたまだろうが、よくわかったな…、という気がする。

「ナオジュー」というオーナーが口にした音だけなら、「直充」とか「直重」とか、他の漢字も出てきそうなものだ。それなら「なおみつ」とか、「なおしげ」と読むのが普通だろう。

「いいか、絶対、下の名前で呼ぶなよ！」

どうやら廿楽にしても、名前はコンプレックスなのかもしれない。

指を突きつけて厳命され、ハイハイ、とにやにや笑いながら答えておく。

何か一つ弱みを握ったみたいで、ちょっと気分がいい。

グラタンが焼き上がり、まったく…、とぶつぶつ言いながらテーブルについた廿楽は、一口食べて、ぐっ、とうなった。

「え…、まずかった？」

レシピ通りに作ったつもりだったが、その顔に直十はちょっとあわててしまう。グラタンだと、下ごしらえの段階で味見できないのが問題だ。

しかしのろのろと顔を上げた廿楽が、ちろっと直十をにらんでうめいた。

「……タマネギ、入れやがったな」

「タマネギ？」

嫌いなんだろうか？

思わずきょとんと聞き返してしまう。

そう言われてみれば、マンションのキッチンでタマネギを見かけたことはなかった。

にや、と思わず頬が緩む。

「何でもいいっつっただろ？　出されたものは全部食えよ。マナーだろ？」

あまりにもな正論に、うっ、と廿楽が言葉につまり、渋い顔で黙々とグラタンを口に運ぶ。

どうやら今日は、廿楽には厄日のようだ。

今度から何かあったら、朝食はオニオンスライスのサラダにしてやろう…、と、直十は密かにガッツポーズをしながら心に決める。

得意ではないようだが、それでも残さず食べ終えた廿楽が、口直しか、食後にコーヒーを飲みながら、毎日の直十のレポートチェックを始めた。

「ふーむ…、今日は西洋思想史のあたりをさらったわけか……」

ソファに深くすわりこんで足を組み、あまりきれいとは言えない字を眺めながら廿楽がうなる。

「理解できたか？」

ちろっと顔を上げて尋ねられ、直十はむっつりと答えた。

「ぜんぜん。昨日の、犬猫の飼い方とかの方がまだわかるよ」

そうだろうな…、と廿楽も苦笑する。

「ま、歴史とか、他のジャンルと関連づけられるあたりを覚えときゃいいさ。……そういや、ヒギンズ教授は言語学の教授だったが、ソシュールに始まる構造言語学の方法論を用いて構造人類学を唱えた社会人類学者で思想家だった人を知ってるか？」

直十は目を開いたまま、ぷるぷると首をふった。

……そもそも廿楽の言ってる日本語がわからない。日本語な気がしない。

「クロード・レヴィ＝ストロース。この人、わりと最近になって亡くなったんだよな……。ニュース見てびびった記憶がある。歴史上の人物って気がしてたから、もうだいぶ昔に死んでるのかと思ってたが」

「覚えられるかよっ、そんな暗号みたいな名前っ！」

さらりと言われて、思わず直十は叫んだ。

「ていうか、そーゆーの、知ってなきゃ、テストに合格できないわけっ？」

だったら、絶対、金輪際、無理だ。

絶望的な思いに襲われた直十に、あっさりと廿楽が言った。

「いや。みんなそれぞれに専門もあるしな。それを全部極めようってのは無理な話だ。そんなこと言ってたら、宇宙物理学から解剖学まで勉強することになるぞ」

……解剖学？　ってナニ？

という感じだ。

「話す時に大切なのは、知ったかぶりをしないことだ。特に年長者相手ならな。もし何か聞かれてわからなかったら、素直にわかりません、と言えばいい。それから、教えてください、と頼む」

「……え？　わかりません、でいいの？」

それなら簡単な気もするが。

暗い前途にパッ、と光明が差したようで顔がほころぶ。

「バカ。全部、それですむと思うなよ。だが相手がその話をふってくるのは、自分が得意な話題だからだ。聞かれたら、いくらでもしゃべりたいもんさ。こっちが聞いてやれば喜ぶし、気分もいい。長話は覚悟して、相槌を忘れるな。もちろん、おまえが興味を持って聞いてやることが一番だけどな。それができるやつは可愛がられる」

「可愛がられる……？」

その言葉を、直十はどこか不思議な思いで繰り返した。

「もっと生きやすくなるさ」

小さく笑ってそんなふうに言われ、直十はちょっととまどった。

生きやすく――。

確かに今までの人生は、直十にとって生きやすいものじゃなかった。

まわりの何もかもが自分には悪い方に働いているみたいで。うまくいかなくて。それにいらだって、
さらにがむしゃらに突っ張って……相手に強がってみせて。その悪循環だったのだろうか。

素直に…、まわりの話を聞いていれば、何か違ったんだろうか。

先生とか、友達とか。バイト先の人とか。

しかしその「話し相手《コンパニオン》」のテストというのは、何をすればいい、という具体的なものがないだけに、不安だった。

――もし、テストに合格できなかったら。

そのまま放り出されるんだろうか……？

「ああ…、そうだ」

ふっと考えこんでしまった直十の耳に、思い出したような廿楽の声が聞こえてくる。

「今週末…、土曜の夜、芝居、見に行くか？　行くなら、クラブの方は休ませてやるが」

「へっ？」

何気なくかけられた言葉に、直十は思わず妙な声を上げていた。

――芝居？

「これだ」

　いったん部屋へもどって持ってきてくれたチラシは、あの守田恭司脚本演出による新作だった。

　直十もポスターは見かけていたが、有名な劇団の公演で、チケットをとるのはかなり難しいと言われていた。……まあもともと、行く金もなかったが。

「チケット、あるの？」

「ああ。初日のがな」

「行く…っ！」

　勢いこんで、直十は声を上げた。

　と、ふと思い出して尋ねる。

「でも、どうして？　守田恭司って嫌いなんじゃなかったっけ？」

「別に嫌いじゃないさ…」

　それに苦笑するように、廿楽が言った。

「チケットは招待でもらったんだよ」

　そんな言葉に、へー…、となる。

　招待、ってことは、知り合いがいるということなのだろうか。それとも、仕事関係か。

「来るのかな…、守田恭司」

「顔、知ってんのか？」

思わずつぶやいた直十に、廿楽が尋ねてくる。

それにパタパタと首をふった。

「ぜんぜん。あんま、顔、出さない人みたいだし」

もともとくわしい方でもないが、メディアにもほとんど出ないと聞いた気がする。

「だったら、いてもわかんねーじゃねぇか」

「そーだけどさ…」

鼻を鳴らすようにして言われ、ムッと口をとがらせた。

「じゃあ、土曜は外でメシを食うか」

「クラブで？」

「クラブは基本、メシ食うとこじゃねーだろ。どっか、予約入れとくよ」

あっさりとした調子で言われ、確かに廿楽にはなんでもない、ありふれたことなのだろう。

だが直十にとっては、初めての廿楽との外食になる。一緒に出かけるのも、あの買い物をした時以来だ。

デート、というのはおかしいんだろうけど。

芝居もだが、外で一緒に食べられるのがちょっと楽しみだった――。

金曜日のこの日、直十は廿楽からの頼まれものもあって、マンションからはちょっと離れた高級食材や輸入食材を専門に扱うスーパーへよっていた。

少し前に急に降り出した雨がたたきつけるようにアスファルトを黒く染め上げ、一気に服に染みこんでいく。

「うわ…っ」

ほとんど飛びこむようにして店へ入ると、頭をふって髪の毛から滴を払うが、シャツはすでに肌に貼りついていた。

空はあっという間に真っ暗になって雷まで鳴り始め、当分やみそうにもない。

——ヤベー…。傘、買わなきゃいけないかな……。

顔をしかめてガラス越しに空を見上げ、ともかく早く買い物をすませて帰ろうと、直十は買い物カゴを手にとった。

夕方の三時を過ぎて、ちょうど奥様方の買い物時間帯なのだろうか。そこそこ混んでいて、私立の幼稚園なのだろう、しゃれた制服を着た子供たちも数人、走りまわっている。

出入りする子供も高級そうだなー、と思いつつ品揃えを見ると、さすがに近所のスーパーとはまっ

◇

◇

たく違っていた。

見たことのない缶詰とか野菜なんかもたくさんあって、使いこなせないともったいないが、サラダ用なら食べられるかな…、と、そっと匂いをかぎ、いくつか手にとってみる。

「――あれ、直十くん。ずぶ濡《ぬ》れだね」

と、いきなり背中から声をかけられ、え？　と、ふり返ると。

目の前には、やはり買い物カゴを片手に、わずかに首をかしげて高埜が立っていた。

反射的に、ゲッ、と身を引いてしまう。

バイトを始めてもうしばらくになるわけだが、高埜には相変わらずいびられている。……ような気がする。

ドラマでしか見たことのないような意地悪な小姑《こじゅうと》さながら、直十が掃除したあとを指でなぞり、フッ、と指先のホコリを吹き飛ばして「やり直し」とにっこり言われたことも、一度や二度ではない。

玄関で客を出迎える時の挨拶《あいさつ》とか、おしぼりの渡し方、コースターのおき方、注文を聞く時のタイミング――そんな細かいことも指導された。

どうやら普通の飲み屋とは違い、クラブではこちらからオーダーをとりにいくようなことはないらしい。メンバーたちは思い思いの場所で、思い思いのことを楽しんでいるわけだから、まず第一にそれを邪魔しないこと、が大切なのだ。

別室にいる客からは、何か用があれば内線で電話が入る。サロンにいる客には常にその様子に気を配って、相手がこちらを探すような視線を受け止める。

もちろん高埜にしてみれば、基礎的なこと、なのだろうが。

「そんなに嫌そうな顔しなくても。ホント、素直だね」

「べ、別に、そんな…」

くすくすと笑われて、あわてて視線をそらせる。

高埜はクラブで見るのとは違って、カジュアルなスタイルだった。すっきりとシンプルな様子は、ファッション誌から抜け出してきたようでもある。

こうして昼間に外で会うと、クラブにいる時よりさわやかな雰囲気だ。

「雨、降り出したんだね。もつかな、と思ったんだけど。……買い物？」

聞かれて、はい、とうなずく。

「高埜さんもですか？」

「ついでがあったから、厨房に頼まれてね。ライムとか、飾り野菜とか」

そういえば、オードブルなどに添えられている野菜は、いつも彩りよくしゃれたものが多かったな…、と今さらに気がつく。

クラブでは決まった食事メニューはなく、厨房のその日の仕入れで酒のつまみ程度のものが何品か用意されているようだった。ただ、オーダーすればできる範囲でがっつりとした食事も作ってくれるらしい。

と、思い出した。

「あ、いいんですか？　クラブの外で声をかけても？」

「別に私たちは客じゃないからね」

笑って言われ、……まあ、確かにそうだ。

「それに仕事関係で会うんじゃなければ、偶然見かけたら挨拶くらいするよ」

なるほど、コンビニでは会いそうにないが、こんな場所ならうっかり会う可能性もあるわけだ。

「そうだ、明日の土曜は休みなんだよね？」

確認するように聞かれて、はい、とうなずいた。

明日は芝居の日だ。

じゃ日曜に、と軽く手を上げて、高埜が離れていった。

高埜の買い物にちょっと興味もあったが、今日は少し、時間が押している。

そうでなくとも、生鮮食料品のあたりは濡れた身体に冷気がまともにあたって、かなり寒かった。

背中がゾクゾクする。

早く帰ろう、と、直十も頼まれたものと、今日のメニューに合わせた食材とを手早く買いそろえていった。

そしてレジで金を払い、店の外へ出たところだった。

激しく落ちてくる雨を恨めしく眺めていると、いきなり背中で、ちゃららん、ちゃららん、というチャイムみたいな音が鳴り始める。

なんだ？　とふり返ると、厳しい表情の男が足早に急いで近づいてきて、ぐっと直十の腕をつかんだ。

「すみません、お客様。ちょっとこちらにいらしていただけますか？」

五十代くらいの店員らしい男だ。丁寧な言葉遣いだったが、有無を言わさない口調で、返事も待たずに引きずるようにして直十を店内へ連れもどす。

「な…なんだよっ、いきなり…！」

思わず声を上げたが、かまわず奥の事務室のようなところまで連れこまれた。中には店長らしい男がもう一人待ち構えていて、直十をじろっとにらみつけてくる。

「申し訳ありませんが、お荷物を全部出して見せていただけますか？」

相変わらず丁重な様子だが、しかしその直十を見る目は険しい。

彼らの言いたいことは、直十にもすぐにわかった。

「ちょっ…、なんだよっ、俺が万引きしたって言いたいのかっ!?」

さすがに直十は声を荒げていた。

「私が調べてもいいですか？」

しかしそれには答えず、男は威圧的に言うと、視線でテーブルの上に投げ出されていたビニール袋と、前の店でもらった紙袋、そして直十の肩にかけていた布のバッグを示す。

「勝手にしろよ！」

なんでそんなこと言われなきゃいけないんだよ…っ！　と、怒りと悔しさで震えながら、直十は吐き出した。

「レシートとつきあわせてみりゃいいだろっ！　ちゃんと金、払ってるんだから！」

続けて叫ぶと、ポケットの財布から入れたばかりだったレシートを抜き出して放り投げる。

男はそれとビニールの中の買い物をつきあわせ、ちらっと直十を見上げた。

「こっちもいいですね？」

紙袋と布袋の方も手元に引きよせながら聞かれて、直十は奥歯を嚙みしめながらもうなずく。

どうして…、と思う。そんなふうに見えた、ということだろうか。こんな場所には不似合いだ…、と。

だが、別にこそこそしていたわけでもなく、ようやく、あ…、と気がついた。

出口のところで鳴ったチャイム……。

あれがアラームだったのだろうか。未精算の品物を持ち出した時の。

だがもちろん、直十はそんなことはしていない。

もしかして、自分の前後に出入りした誰かか…？　と思ったが、あの時に店から出たのは、確かに直十一人だった。

どういうことなのかわからない。

そして紙袋を大きく開けた男が中に手を入れて――何かをとり出した。

「これは何だ？」

バシッ、とテーブルにそれがおかれ、口調もがらりと変わっている。

チョコレートの箱だった。輸入品らしく、見覚えのないパッケージだ。さらに袋からはキャンディとカラフルな色鉛筆のセットも出てきて、直十は大きく目を見張った。

――なんで……？

「何だと聞いてるんだ！　万引きしたんだろうが、おまえ！」

「してないよっ！」

太い声で恫喝《どうかつ》され、真っ青になって直十は叫んだ。

本当にわけがわからなかった。

ぱたっと、後ろのソファにすわりこんでしまう。無意識に首をふった。

「じゃあなんでおまえの袋に入ってる!?」

怒鳴るように問いただされ、しかし直十にわかるはずもない。

「ったく最近のガキは図太いな……」

憎々しげに言って、イスにすわっていた店長が前のスチール机の引き出しを開け、紙をとり出すと、ペンと一緒に直十の前においた。

「君の名前と親の名前…、それと住所と電話番号を書きなさい」

ハッと顔を上げ、直十は首をふった。

「親はいねぇよ…。未成年じゃねぇし」

「だったら警察、呼ぶか？　警察に行ってもどうせ身内には連絡がいくんだ」

冷たく言われたが、直十はぎゅっと唇を噛んだままだった。

嘘《うそ》は言ってない。両親は死んでいるのだから。

ただ——甘楽に連絡されるのだけは、嫌だった。

こんなふうに疑われているところなんか、見せたくない。

「携帯、見せてみろ」

もう一人の、保安員だろうか、男に言われ、直十は思わず息を呑んだ。

「嫌だっ」

反射的に声を上げる。

「おまえ…、自分のしたことがわかってるのか！　れっきとした泥棒だぞっ！」

「俺じゃないって言ってるだろっ！」

「まだそんなことを言ってんのかっ！」

頭から怒鳴りつけられ、身がすくむ。

どうなるんだろう…、と心臓が縮む気がしたが、しかし甘楽に迷惑は……かけたくなかった。

……いや。

ただ恐かったのかもしれない。

こんなことが知られたら、問答無用で追い出されるんじゃないかと。

やっぱりそういうガキか…、という目で見られるのがたまらなかった。

「住所はあるだろう。書きなさい」

指先でいらだたしく紙がたたかれ、直十はぎゅっと拳を握ったまま顔を上げた。

「か…、金、払えばいいのかよ……？」

思わずそんな言葉が唇からこぼれ落ちてしまう。

「やっぱりやったんじゃないか」

勝ち誇ったような男の声。

「そういう問題じゃない。親が呼べないんなら、やっぱり警察だな」

「違うって言ってるだろ！」

初めからこっちの言うことなど聞く気もないのだろう。

悔しさに涙がにじみそうになりながら、直十は必死に叫んだ。

「おい、警察に電話しろ」

吐き捨てるように店長が言い、もう一人が電話に手を伸ばした時だった。

「――失礼。うちのが何かご迷惑をかけましたか？」

丁寧な、しかし低いドスのきいた声がいきなり戸口から聞こえてきて、一瞬、二人の動きが止まった。

聞き覚えのある声に、ハッと直十も顔を上げる。

と、相変わらず堅気には見えない格好で、廿楽が立っていた。

——どうして……!?

直十は声もなく、ただ大きく目を見張る。

「な、何かって……、あんた、誰です？　勝手に入って来てもらっちゃ困りますけどね」

さすがに保安員の方も気圧《けお》されるように口ごもりつつ、それでも威厳を保つようにして声を荒げた。

かまわず大きくドアを開けて入ってきた廿楽が、呆然とした顔で見上げたままの直十の髪をくしゃっと撫でた。

「なに、情けねぇツラしてんだ？」

小さく笑うように言われて、直十は何か張りつめていたものが一瞬に切れそうになった。

「ど…どうして……？」

声が震えてしまう。

しかし、なぜ廿楽がここにいるのかわからなかった。

「雨がひどくなってきたからな。迎えに来てやったんだよ。そしたらちょうど、駐車場に着いたところで髙埜から電話があった。なんか、おまえが引っ張られたってな」

もうとっくに帰ったのかと思っていたが、髙埜が連絡したらしい。連れこまれるのを見ていたのだろう。

「あなた……」

店長が廿楽に向き合い、あえぐように必死に言葉を押し出した。

「この子の保護者ですか？」

「ま、身元引受人ってとこかな。……こいつが何か？」

「万引きですよ！」

じろりとそちらを見て聞き返した廿楽に、店長が声を荒げた。

「万引き？」

廿楽が眉をよせる。そして、直十を見下ろしてきた。

「したのか？」

「してねぇよっ！　そんなの、触ってもないっ！」

聞かれて、はね返すように答える。

「してないと言ってるが？」

もう一度店長に向き直り、廿楽が淡々と繰り返した。

「そりゃ、言うでしょうよ。だが現実に、こいつのカバンの中に未払いの商品が入っていたんだ」

テーブルの上の品物を指さし、ふん、と鼻を鳴らすようにして店長が言い返す。

「違う…っ！」

直十は必死に、廿楽の腕をつかむようにしながら叫んだ。

「おまえじゃないんだな？」

その直十の手を上から握りしめるようにして、廿楽がもう一度、確認してくる。

触れられた手の甲から、じわり、と沁みこむように男の体温が流れこんできた。

直十の手が冷たかったからかもしれない。だがその熱は、心の奥が震えるくらい温かかった。

直十はただ男を見上げてうなずく。唇が震えて、言葉にならない。

わかった、と短く廿楽は答えた。そして店長に向かってまっすぐに言った。

「警察、呼んでもらっていいですよ。指紋を調べてもらえばいい。直十は触ってないって言ってるんだ」

「なんだと？　――いいだろう。じゃあ、連絡させてもらいますよ」

その挑戦的な言葉に、店長が廿楽をにらみつける。

「……あのう、すみません……」

と、その時だった。

か細い女の声が戸口からかかって、店長がいらいらした調子で応えた。

「なんですか？　今、ちょっととりこみ中でしてね」

三十代くらいの女性だった。主婦だろう。四つくらいの女の子の手を引いて、おずおずと言葉を続ける。

「その…、その方が万引きしたって言われてるって聞いて……。ごめんなさい、それ、うちの子が勝手に入れたんじゃないかと思うんです……」

その言葉に、えっ？　と店長があせった声を上げた。

「か、勝手にって……？」

店長が意味がわからないように繰り返したが、直十も混乱する。

「申し訳ありません、今この子、宝物を隠すのが大好きで…、家でも気に入ったものをすぐにどこかに隠してしまうんです。だからそのつもりでやったんじゃないかと……」

そんな言葉を、直十はどこか遠くで聞いていた。

頭がぼうっとしている。身体が妙に熱い。

ドアのところで申し訳なさそうに言う女性の後ろに、ちらっと高埜の姿が見えた気がした。

——もしかして、直十の無実を晴らすために、犯人を捜してくれていたんだろうか……？

あの高埜が。

「なるほど。こいつが他の荷物をどこかにおいた時にでも入れたんだろうな」

横でつぶやく廿楽の声が聞こえてくる。

「いや…、その…、それは……ええと、大変申し訳ないことで……」

「俺じゃない。こいつにあやまってくれ」

毅然《きぜん》とした廿楽の声とともに、大きな手が引きよせるように直十の頭を撫でる。

「そ、そうだね…。その、すまなかったよ。いや、こちらとしてもね……」

言い訳がましい店長の声が、だんだんと薄れていく。

「――直十……っ!?」

あせったように叫んだ甘楽の声が、耳に残った最後だった――。


気がついた時、一瞬、自分がどこにいるのかわからなかった。薄暗い室内で、しかし少し離れたところでぼんやりとした明かりが灯《とも》っている。

それでも、やわらかいベッドに寝かされているのはわかった。

覚えのある…、甘楽の匂いがした。

体中が包みこまれている。シーツや、耳のあたりまでかぶせられた布団や。

それだけで危険な場所じゃないとわかる。

「……起きたのか？」

どこだろ…？　とぼんやり思った時、ふいに低い、やわらかな声が耳に届いた。

ぎしりとイスの軋むような音がして、優しい指先がさらりと頰から前髪を撫でてくれる。

「あ……」

廿楽がすぐ側にいるのだとわかった。ホッと安心する。

「俺……？」

どうしたんだろ…？　とぼんやり思った耳に、男の声が聞こえてくる。

「熱出したんだよ。おまえ、雨に濡れてただろ。もうだいぶ、下がったみたいだけどな」

言われて、額に冷却シートが乗っているのに気づいた。

ああ…、と納得して、ようやく、あっ、と思い出す。

「そうだ、万引き…っ」

思わず跳ね起きそうになったが、身体が重くまともに持ち上がらない。

「してねぇんだろ？　大丈夫だ。心配するな」

聞こえてきたそんな声に、ふっと身体の力が抜けていく。

ただ信じてくれたことが、心に沁みるくらいにうれしかった。

もう…、ここには帰って来られないかと思ったのに。

……でも。

「なんで…、信じてくれたんだよ……？」

ようやくうっすらと目を開けると、直十は自分をのぞきこむようにしていた男を見つめた。

「なんでって」

ちょっととまどったような顔で、廿楽がこめかみのあたりをかく。

「まぁ、おまえは嘘ついてもたいてい顔に出るしな。そもそも万引きなんかする必要はねぇだろ？ちゃんと約束を守ってこの部屋にも入ったことはないようだし」

「……わかんないだろ、そんなの。留守の間にこっそり入ってたかも」

「入ってたのか？」

「入ってないけど」

「そうだろうな」

腕を組み、にやっと廿楽が笑った。

「この部屋のドアには最新の防犯システムがある。その日のドアを開けた回数がカウントされるんだよ。誰かが入ったらすぐにわかるからな」

「な…、やっぱり信用してないんじゃねぇかっ」

ガバッと起きて、思わず廿楽に食ってかかる。

「バーカ。嘘に決まってるだろ。家の中にそんな防犯システムつけてどうすんだよ？　そういうのは家の外につけるもんだ」

胸倉につかみかかっていた直十の両腕をとって軽くいなすようにすると、くっくっ…と廿楽がおもしろそうに喉を鳴らした。そして大きな手のひらで、さらりと直十の額を撫でてくる。

「ま、だいぶ元気になったようだな。何か食うか？」

聞かれて、かなり腹が減っているのに気づく。

「うん…」

「粥《かゆ》でも作ってやるから待ってろ」

小さくうなずくと、そう言って廿楽は部屋を出ていった。

一人で残された直十は、ぱたっ、と再びシーツに倒れてから、ようやく視線だけを動かしてあたりを見まわす。

デスクの上の小さな明かりと、ノートパソコンらしいバックライト以外に光がなく、全体的に薄暗くてよくわからない。が、どうやら廿楽の仕事部屋らしい。

電話機やファックス、プリンターといった機械類や、本棚があるのがわかる。

広さは直十の使っている部屋の倍くらい、十五、六畳はあるだろうか。

初めて、廿楽のテリトリーに入れてもらったわけだ。

乱雑だが、なんとなく落ち着いた空気で、直十はしばらくぼんやりとしていた。

が、やっぱり熱で気が弱くなっているのかもしれない。妙に淋しくなる。

メシ…、よりも、側にいてほしかった。あの男に。

直十は重い身体をなんとか持ち上げると、のそのそとベッドから降り、ドアを開けてぺたぺたとリビングへ出て行く。

いつの間にか、パジャマに着替えさせられているのにようやく気づいた。

どのくらい寝ていたのだろう。家の中の明かりはつき、窓の外もとっぷりと暗い。

リビングで時計を見ると、夜の十時をまわっていた。

「おい…、直十」

ボーッとリビングに入ってきた直十に気づいて、カウンターの向こうで廿楽が顔をしかめる。

「ここにいていい…?」

おずおずと聞きながらソファにすわりこんだ直十に、廿楽がため息をついた。

「いいから、うろうろするな。そこで寝てろ」

言われて、直十はソファに横になる。

廿楽がタオルケットのようなものを出してくると、直十の身体をくるむように掛けてくれた。

「もうできるから」

くしゃくしゃと直十の髪をかき混ぜるようにして言うと、廿楽はキッチンへもどった。

目を閉じていると、廿楽の立てるかすかな物音が妙に心地よい。また眠りに落ちそうになる。

「ほら、できたぞ」

と、まどろんでいると、すぐ側で男の声がした。

小さな土鍋のようなものをのせたトレイを、テーブルにおいている。

「食えるか?」

「食べさせてよ…」

聞かれて、直十は無意識に甘えるように言っていた。

「ゼータクだな」

ふっ、と男は鼻で笑ったが、それでも病人だと思ってか、テーブルに腰を下ろすと、土鍋の蓋《ふた》をとってレンゲで横の小皿に中身を移す。いかにも熱そうな湯気が上がり、それに息を吹きかけて冷ましてくれる。

「起きられるか？」

言われて、直十はだるい身体をようやく持ち上げた。

雛《ひな》鳥みたいに口元までレンゲが運ばれ、そっと唇を開くと落としこむようにして食べさせてくれる。

「水は？」

「飲む」

三口くらい食べてから聞かれて、水も飲ませてもらう。

「うまいか？」

「うん…」

もぐもぐと口を動かしながら、直十はうなずいた。

おいしかったし、くすぐったいようにうれしかった。こんなふうに甘やかしてもらえるのが。

与えられるまま、全部食べ終えてからも、廿楽がトレイの上で食器を重ねているのをじっと見つめていたらしい。

……と、ふいに、ハァ…、と廿楽が大きなため息をついて、カリカリと前髪をかいた。

「おまえな…、熱があるのはわかるが、そういう潤んだ目で男を見るもんじゃねぇよ」

「なんで？」

自分がそんなことをしているという自覚もないまま、直十はなかばぼんやりと尋ねていた。

「危険だから」

それにあっさりと男が答える。

そしてトレイを手に立ち上がって、キッチンへ運んでいった。

それがまるで逃げるみたいに見えて、直十はちょっと首をかしげる。

――キケン……？

まだ残っている微熱のせいか、頭がうまくまわらない。

「ほら、これ、飲んでろ」

それでもスポーツドリンクを持って帰ってきた甘楽に、直十は重ねて尋ねた。

「危険て？」

直十をじっと見下ろし、甘楽が短く言った。

「襲うぞってことだ」

冗談というよりは、どこか脅すような響き――。

その男を、直十はじっと見つめる。

「やりたいの？」

さらりと、何かを考えることもなく、そんな言葉で出ていた。

「……おまえ、まだ熱があるだろ？　もういいからさっさと寝ろ。明日の芝居に行きたいんならな」

廿楽がいくぶん視線をそらして、放り出すように言う。

「やりたいんじゃないの？」

自分でもわからない衝動に押され、直十は食い下がるように聞いていた。

ダメだ。何、言ってるんだ…、俺――。

そんな声も、頭の片隅には響いているのに。

わずかに沈黙が落ちた。男の目が、何かにらむように見つめてくる。

「襲われたいのか？」

そして押し殺した声が耳をかすめたかと思うと、いきなりぐっと腕が引きよせられた。

強引に顎がとられ、次の瞬間、唇がふさがれる。

「ん…っ…」

息がつまり、思わず直十は目をギュッとつぶった。

熱い舌先が、それ自体生き物のように唇をこじ開けて入ってくる。舌がきつく絡められ、息が苦しくて、直十は夢中で男の肩にしがみついた。

頭の芯《しん》がジン…、と痺れ、ブラックアウトしそうになって、ようやく唇が離される。

直十はあえぐように大きく呼吸をした。

――キス……？

今頃になって、ようやく認識する。

「これでいっぱいいっぱいのくせに、強がってんじゃねぇよ」

鼻を鳴らすような、廿楽のそんな言葉が耳に届く。

「ほら…、もう寝ろ。自分の部屋でな。パジャマ、着替えとけよ。汗だくになってる」

そして呆然としたままの直十にそれだけ言うと、廿楽はさっさと立ち上がってさっきの仕事部屋に入ってしまった。

バタン…、と閉じたドアの音が冷たく、直十の身体に響いてくる。

しばらくぼんやりとそれを見つめ、ようやくのろのろと立ち上がった。

自分の部屋に入り、思い出して、パジャマを替えようとクローゼットを開く。

――なんであんなこと、言ったんだろ……？

自分でもわからなかった。

ただ触れられた唇に…、きつく絡められた舌に、生々しく男の感触が残っている。

カッ…、と今頃、また熱がぶり返したように身体が火照ってくる。

冗談、だったんだろうか、廿楽にとっては。

からかっただけ、なんだろうか……？

直十があんまりうるさいから。

引き出しから別のパジャマをとろうと無意識に手を伸ばして、ふっと、それに気づいた。

クローゼットの隅に残っている、直十のではない、別の男の服――。

ここを開けるたび、どうしても気になっていた。

処分しねーの？　……と聞きたい気もした。未練がましいな、と意地悪く言ってやることもできただろう。

また気持ちが残っているのか、と思うと、妙にもやもやした気分だった。

まだ…、待ってるんだろうか？　この部屋に、この持ち主が帰ってくることを。

じっとそれを見つめていると、ふいに胸いっぱいに何かがこみ上げてきた。

自分では止めようもなく、ぶわっと、涙が溢れてくる。

――ど…しよう……、俺……。

思わず全身から力が抜けるように、ずるずるとその場にへたりこんでしまう。

どうしたらいいのかわからなかった。今さら、そんなことに気づいても。

――あいつが……好きだ……。

◇　　　◇

開演の十五分前で、すでにホールは満席に近かった。

ロビーから中をのぞいて、ふだん直十たちのいる劇団が公演を行う舞台とは桁違《けたちが》いの大きさに、さすがに息を呑む。

遠くにある、あの広い舞台に立つというのは、どんな気持ちなんだろ……？

ぼんやりとそんなことを考えてしまった。

ロビーにはたくさんの花が溢れ、観客でごった返していて、パンフレットやグッズの売り場にはすでに人がつめかけている。

新作への期待だろう、独特の雰囲気が劇場を包んでいた。

「ちょっとトイレ」

なんだか直十の方が緊張してしまって、そんな言葉で廿楽のもとを離れる。

「迷子になんなよ」

子供相手みたいな言葉をかけられ、ムッと口をとがらせながら、直十はロビーの奥にあるトイレの列に並んだ。

それでも一人になって、ホッ…と息をつく。

今朝、起きた時、廿楽の様子はふだんとまったく変わりはなかった。違うのは、少し起きるのが遅くなって、ランニングや腹筋もサボってしまったし、朝食も作れなかったが、病人だからな、と免除してくれたことくらいだ。

熱はすっかり引いていたが、少しばかりはれぼったい顔で、いつもと同じ廿楽の顔を見ていると、なんだかゆうべのことは全部夢だったような気がしてくる。

キス――したことも。

……あるいは、廿楽にとっては別にたいしたことではなかったのかもしれない。

いつもみたいに、ちょっと直十をからかったくらいで。

いいオトナなのだ。お遊びのキスくらい、しょっちゅうなのだろう。

だが、直十にとっては――。

直十はそっと目を伏せた。

忘れたふりをしよう、と思っていた。何もなかったように。

ただ熱に浮かされていただけで、直十自身、何も覚えていないふりで。

そうでなければ、きっと廿楽も扱いに困る。

テストまで残り、一週間だった。

それまでの間――なのだから。

ぎこちなくなって、今の雰囲気が壊れてしまうのは嫌だった。

混んでいたトイレをようやくすませてロビーにもどると、廿楽は数人の女性に囲まれていた。思わず立ち止まって、直十は見慣れないその光景を見つめてしまう。

みんな二十代なかば、直十より少し上くらいだろう。それぞれに華やかな美人ばかりだった。どこかで見たことのある顔もある。新人の女優かモデルか…、だっただろうか？

「案外、めずらしいですよね。廿楽さんが舞台見に来るのって」

「ほんと。初日に会えるなんて、びっくり」

「……ね、このあと、みんなで飲みにいきません？　先生も来るって言ってたし」

いかにもな甘ったるい声と、偶然を装ったようなさりげないボディタッチ。

意外とモテてんだなー、と、感心するが、相変わらず愛想のない仏頂面なのがちょっとおかしい。

と、その目が直十を見つけ、わずかに細くなった。

「遅いだろ」

ぶっきらぼうに投げられた言葉に、びくっ、彼女たちの肩が揺れる。

連れが来たから散れ、というあからさまなサインを突きつけられて、女たちはちらちらと直十にガンを飛ばしながら離れていく。きれいなだけに、ちょっと恐い。

「お持ち帰り、しねーの？　みんな、美人のおねーさんだったのに」

あえてからかうように言った直十に、廿楽が肩をすくめる。

「うかつに持ち帰ったらおまえ、一晩中、寝られねぇぞ？　あんあん、声が響きまくるだろうからな。お子様には刺激が強すぎる」

自信たっぷり、というより、さらりと言った男に、ケッ、と直十は吐き出す。

「どんだけテクニシャンだって？」

「一度に三人くらいなら満足させてやれるかな」

「ハイハイ」

うそぶいた男を直十は受け流した。

いつもの感じのやりとりだったが、ゆうべのことを思うとなんとなくきわどい気もする。

「廿楽！」

と、ふいによく通る声が聞こえてきて、ふっとそちらに向き直ると、男が一人、大きな笑みで近づいてくるところだった。

三十代後半——廿楽と同じくらいだろうか。

しかし印象は対照的で、ざっくりとラフな格好だったが、どこか軽快でしゃれた雰囲気がある男だ。ダテなのか、丸い眼鏡が似合っている。

「来たのか。斉藤《さいとう》さんには挨拶したか？」

単なる知り合い、というより、もっと気安い雰囲気だった。

「いや。舞台を見に来ただけだからな」

「舞台からでもおまえは目立つよ。みんな緊張しそうだな」

ハハハ…、と軽く笑って、男がふと、直十に視線を落とす。

「ああ…、君が直十くん？」

「えっ？　あ、はい……」

いきなり名前を呼ばれて、直十は驚いた。ちらっと廿楽の顔を見上げる。

廿楽が自分のことを話していた、ということだろうか？

「来島《くるしま》だ。廿楽とは腐れ縁というか…、高校からのダチだよ」

そんなふうに紹介され、どうも…、ぺこん、と頭を下げる。

もしかするとこの人が劇団の関係者で、今日のチケットをくれたんだろうか。

そうなら、礼を言わないと、と思っていると、来島がにこにこと直十に話しかけてくる。

「今、一緒に暮らしてるんだよね？　大丈夫？　エロいこと、されてない？」

にやにやと笑ってそんなことを聞かれ、えっ？　とあせった声を上げてしまう。

「来島。つまんねーこと言ってんじゃねぇ」

むっつりと廿楽がうなった。

だがそんなドスの利いた声もスルーして、わずかに身を屈め、内緒話でもするように…、しかし実際には廿楽にも聞こえるように、来島が言葉を続けた。

「こいつと生活するのって、楽だろ？　面倒見、いいからね。むしろ時々、うっとうしいくらい？　めんどくさくなったらほっといても大丈夫だから。その方が一人で拗《す》ねて、仕事もはかどる」

「あ…、いや…、そんなことぜんぜん。家事とか、俺がたいていいしてるし」

この間の病気の時くらいしか、そんなにかまわれた覚えはない。

「ええっ？　そうなのっ？」

直十の言葉に本当に驚いたようで、来島が身をのけぞらせるようにして声を上げた。

「いいから、おまえはさっさと失せろ」

うるさそうに、廿楽がしっしっ、と手をふった。

「ふーん…。そうなんだ」

いかにもな様子で顎を撫で、つぶやくように言ってから、あ、そうだ…、と思い出したように来島が廿楽に向き直った。

「聞こうと思ってたんだよ。ひょっとして、青のハイビスカス柄のネクタイ、そっちにおきっぱなしじゃなかったか？　この間絞めようと思ったら、見あたらなくてね」

その言葉に、あっ、と直十は内心で声を上げていた。

黒地に青の花模様の派手《はで》なネクタイが、クローゼットの中に残っていたのを思い出したのだ。

——この人のだったのか……。

思わずじっと、来島という男を見つめてしまう。

高校時代からの友人——という来島の説明は嘘ではないのだろうが、それだけ、なんだろうか。

あの部屋は、たまに友人が遊びに来て泊まっていくだけ、というには、あまりにも整いすぎている。

泊まりにくる、というより、生活していたような感じだった。

「もうないだろ」

来島の問いに、素っ気なく、廿楽が答えている。

本当に覚えていないのか、あるいは気のないフリをしているだけなのか。

「ひどいな。お気に入りなんだぜ？」

ぶつぶつ言ってから、愛想のいい顔で直十に視線を落とした。

「今、あの部屋は君が使ってるんだろ？　見かけなかったかな？」

「えーと…、探しておきます」

ぎこちなく笑ってそう答えた直十に、よろしくね、と肩をたたいて、誰かに呼ばれたのに応えてバタバタと姿を消した。なかなかにいそがしそうだ。

それを見送って、ハァ…、と疲れたように廿楽が肩を落とす。そんな様子もめずらしい。

苦手、なのか、あるいは――。

「……来島さんが前はあの部屋、使ってたんだ？」

開演五分前のブザーにうながされ、人の流れに呑みこまれるように会場に入りながら、強いてさりげない調子で直十は尋ねた。

「ああ」

と、やはり素っ気ない答えが返る。

「その時はやっぱり、来島さんが料理とかしてたの？」

「まさか」

苦虫を嚙み潰したような顔で、廿楽がうなった。

「勝手な時間に食ってたしな。ほとんど俺が作らされてたよ」

「ふーん…」

席に着きながら、直十はなんでもないようにうなずく。

が、そうか…、と思った。

あの人になら、ふだんでも作ってやるわけだ。別に病気じゃなくても。

ぽつんと、何か小さな染みがどんどん広がるような淋しさに襲われる。

「この劇団の人？」

「いや。……まあ、関係者ではあるけどな」

そんな言葉に、深く追求するのはやめておく。知ったところで、どうなるものでもない。

さっぱりとしたやりとりだったが、別れてもオトナのつきあいが続いている、ということなんだろうか。

来島の方にしても…、直十に対しては元カレの余裕なのか、あるいはオトナの余裕なのか。

――もしかして俺、あの人が帰ってくるまでの代わり、なのかもなー…。

そんなふうにも思う。

もしくは当て馬、みたいな。

つかず離れず、という軽やかな関係を思わせたが、案外、廿楽の方は本気なのかもしれない。

つなぎきれない男の前に、年だけは若い直十の存在をちらつかせて、あせらせてみる――、という作戦はありそうだ。

みじめな気もしたが、あきらめもあった。

まあ、廿楽にとって自分は、結局は押しつけられた賭の対象というだけだ。本来、迷惑していても無理はない。

しょうがないよな…、と、ちょっと笑ってしまう。

勝手に自分が好きになっただけだ。廿楽が悪いわけじゃない。

むしろ…、よくしてもらったはずだった。衣食住、すべての面で。

やっぱり…、テストが終わればマンションは出て行かなきゃいけないんだろう。もともと受かる可能性の方が少ないテストに。

せめて、廿楽の歌、聞けたらいいけどな……。

そんなふうにも思う。きっと、いい記念だ。

用意されていたのは、正面の中ほどとかなりいい席だった。案外、来島の方も気を遣っているのかもしれない。

舞台は一九〇〇年代初頭のアメリカを舞台にした詐欺師もので、ロマンチック・コメディだった。ところどころ会場からも笑いが起きていて、観客の反応もいい。

……もっとも横の廿楽は終始、難しい顔で眺めていたが。

舞台も堪能《たんのう》して、カーテンコールに拍手を送り、会場のアナウンスに押されて立ち上がろうとした時だった。

「あっ…と」

パサッ…、とパンフレットが膝《ひざ》からすべり落ちる。

中に入っていたチラシも数枚、足下に散らばって、直十はあわてて拾い上げた。

と、その中の一枚に、直十の目は吸いよせられていた——。

◇　◇

「——オーディション？」

いくぶんむっつりとした顔で、廿楽が繰り返した。

舞台がはねてからそのままマンションへ帰り、部屋でじっくりともう一度そのチラシを読んでから、直十は風呂上がりの廿楽にそれを言ってみた。

「そう。受けたいんだ」

パンフレットに入っていたチラシは、オーディションの開催案内だった。

年齢は二十歳から三十歳までの男性。経験は不問。

次の、守田恭司の舞台で準主役級の扱いになるらしい。

事前の申し込みは必要なく、当日、その時間に会場へ行けば受付はされるようだが、それはすでに明日に迫っていた。

しばらく前からあちこちの劇団やなんかには告知されていたようだが、直十はこの数週間、稽古場へも顔を出していなかったし、わざわざ知らせてくれる人もなく、今までまったく耳に入ってこなかったのだ。

まっすぐに顔を上げて言った直十から視線を外し、ふう…とため息をつくようにして廿楽が言った。

「やめとけ」

短く、端的に言われたその言葉に、直十は愕然とする。

「なんでっ!?」

やってみろ、と笑って肩をたたいてくれると思っていた。

「それは…、確かに俺には無理かもしれないけどっ！　でも、受けてみるくらいいいだろっ!?　夢はないのか、って言ったの、あんただろうがよ…っ！」

思わず、食ってかかるように叫んでしまう。

ここに来る前の…、廿楽に会う前の自分だったら、初めからあきらめていただろう。初めから、どうせ無理だ、と。

でもここに来て、少しだけ、自分でも何かできそうな気がしてきたのだ。ちょっとは料理もできるようになったし、体力もついた。妙な知識も増えた……かもしれない。あまり使えそうにないけど。

なにより、自分でやってみよう、という気持ちになったのだ。自信、と言えるほどのものは何もないけど。

だから廿楽は…、自分の背中を押してくれるものとばかり思っていた。

「そんなにあわててる必要はないだろう。いっぺんにいろいろやろうと思っても失敗するだけだ。クラブの賭が終わってから、次のチャンスを待てばいい」

「次のチャンスなんか、いつ来るかわかんないじゃねぇかっ！」

知らず直十は声を荒げていた。感情が高ぶってしまう。

「だいたいクラブのテストに落ちたら、俺、どこ行きゃいいんだよっ」

「だから。今は落ちた時のことを考えるのはやめろ、って言ってんの」

廿楽が大きなため息をついて、なだめるように、あるいはめんどくさそうに言った。

「――いいよ！　別にあんたの許可、とらなきゃいけないことでもないんだしなっ」

そんな男が腹立たしく、直十は捨てゼリフのように吐き出すと部屋へ飛びこんだ。悔しくて、たまらず枕《まくら》を殴りつける。

「くそ…っ」

絞り出すような声がもれた。

廿楽という男がわからなくなる。

結局、……そう、賭に勝つことだけしか考えていないのかもしれない。そのために、直十にいろいろしてくれたわけだし。

ヘンな期待をした自分がバカなのだ……。

涙がにじみそうになるのを必死に抑えて、心の中で言い聞かせた。

やっぱり誰かに頼ることを考えても仕方がない。自分でなんとかするしかない。

翌朝は意地のように朝食だけは作りおきしておき、廿楽が起きてくる前に家を出た。

オーディションは十時から受付が始まるようだったが、どのくらいの人数が集まって、どのくらいの時間がかかるのか、まるでわからない。

直十が会場に着いたのは十時に十分ほど前だったが、すでにそれらしい同年代の男たちが数十人も集まっていた。

小さな劇場が借りられているらしい。十時かっちりに正面のドアが開いて、男たちがいっせいにばらばらっと小走りに集まっていく。

直十もあわてて、早くもできてしまっていた列に並んだ。

それでも手際よく受付は進められ、指定されていたスナップ写真に簡単な履歴書を添えて提出する。

引き替えに番号札が渡された。八七番だ。

「第五グループになります。十一時半にもう一度おいでください」

事務的に言われて、直十はいったん会場を離れた。

近くのファストフードの店に入ると、やはり同じように時間を潰しているらしい男の姿が何人か目に入る。スツールにすわってハンバーガーをかじっているだけのその姿が、どこか落ち着いて自信に満ちて見えた。

直十もセットメニューを頼み、隅の方で席をとった。

……がんばれよ、と。

そのくらい言ってくれてもいいのに。

今さらに廿楽の顔を思い出して、ぎゅっと唇を噛む。

ショップの中にいた同類らしい男たちの姿が一人消え、二人消え、直十も十一時十分を過ぎた頃、店を出て会場にもどった。

「第五グループの方はこちらに」

と、一室に誘導され、パイプイスで待たされる。すでに集まっていたのが十数人、直十のあとからもぱらぱらと何人が入ってきて、どうやら1グループは二十人らしい。

重苦しい沈黙の中でじりじりと時間が過ぎ、やがて呼び出される。

ドクッ…、と心臓が大きく打った。

袖のところでぞろぞろと番号順に並んで、舞台の中央へ歩いて行く。それぞれに間隔をとって立ち止まると、そっと息を吸いこんで、直十はようやく顔を上げた。

ライトがまぶしい。が、その明るさに慣れてくると、ようやく観客席の真ん中くらいに五、六人の男女が並んですわっているのがわかる。

審査員、なのだろう。プロデューサーとか、劇団の関係者。

そう、あの守田恭司もいるはずだ。

と、その中の一人、見覚えのある顔に、直十は大きく目を見張った。

——来島……さん……？

ちょうど真ん中にすわっている男が、確かに昨日会った男だった。

劇団の関係者かな、とは想像していたが、こんな審査に参加するくらいの人だったとは思ってもいなかった。

……いや、しかし、このオーディションを主催しているのは、昨日の劇団とは違うはずだ。

どういう立場の人なんだ……？

頭が混乱してくる。

だが直十のとまどいにかまわず、整然とオーディションは進んでいった。

「ではまず、八一番から順に自分の番号と名前を言って」

進行もしているらしい一人がマイクをとってうながし、舞台で一人ずつ、一歩前に出て、大きな声で名前を言っていく。

やはり、素人はほとんどいないのだろう。みんな張りのある、よく通る声だ。

名前を言うだけなのに、だんだんと順番が近づいてくるのに心臓が爆発しそうになる。

そして、八六番。直十の一つ前の男が、一歩前に出ると大きく名前を言った。さらに続けて付け加える。

「守田先生！　先生の話がすごく好きなんです！　精いっぱいがんばります！　よろしくお願いします！」

会場に響き渡るようなそんな声に、直十は思わず息を呑んだ。

アピールがすごい。それだけ自信もあるのだろう。そんな姿に圧倒されてしまう。

と、目の前の審査員の中で男が一人、マイクに手を伸ばして苦笑した。

「ありがとう。……まあ、僕の作品が好きか嫌いかは、審査にはあんまり関係ないけどね」

あっさりと言い放ち、ハハハ…、と軽く笑ったのは——来島だった。

直十は瞬きもできないまま、それを見つめていた。

——来島さんが……守田？　守田恭司？

頭が殴られたような衝撃だった。どう考えていいのかわからない。

守田恭司という、さほど特徴のない名前がペンネームだと思ったこともなかったし、それに——だったら、なぜ廿楽は……？

「八七番？」

呆然としていたのだろう。進行にマイクで怪訝そうにうながされて、ハッと我に返る。

「は、八七番、古葉直十です。よろしくお願いします」

あわてて一歩前へ出て、ようやく声を出す。

反射的に頭を下げて、再び顔を上げた一瞬、目が合って、来島がにやっと笑ったような気がした。

テストは、四、五人ずつ、指示されるままに舞台を歩いたり、走ったり、跳んだりしてみせるのと、一人ずつ、短いセリフを読み上げることだった。

直十も必死にやってみたが、自分がうまくできているのかどうかもわからない。

全員がやり終えて、ほんの二十分足らずのテストだ。

しばらくお待ちください、とその場で待たされた。

目の前で審査員たちが頭をつきあわせて、ペンで手元の紙をチェックしている。どうやらこの場で合否が言い渡されるらしい。

そしてその協議も、わずか二分ほどだった。

進行の男がマイクをとって、淡々と事務的に読み上げていく。

「八五番、八九番、九二番、百番。――以上の方は二次にまわってください。他の方はご苦労さまでした」

あっさりとしたものだった。

……やっぱりダメだったか……。

覚悟はあったが、思わずため息をもらし、直十もとぼとぼと舞台の袖へ引っこんだ。

控え室に残していたバッグを拾って、ロビーへと出る。

落ちたのはある意味、あたりまえかもしれないが、やはり来島が守田恭司だったというのは、いまだに信じられない気持ちだった。

——言っといてくれてもいいのにな……。

直十がファンだということは、廿楽も知っていたはずなのに。

来島が廿楽の友人だったにしても、自分が特別扱いしてもらえるわけじゃない。それは当然だった。

でも、どこが悪かったのかくらいは聞いてもいいんだろうか……。

ふと、そんなふうに思う。

直十は外へ出かけていた足の向きを変え、人気のない狭い廊下を通って、客席へ横から出入りできる扉へ近づいていった。

次のグループの審査が始まってるのなら邪魔できないな、と思いながら、そっと、薄く扉を押し開いて確認してみると、舞台に人の姿はなかった。

審査員たちも二、三人が席にいるだけで、のんびりと雑談しており、どうやら昼食休憩にでも入っていたらしい。

来島さんは…？　と、そっと細い隙間《すきま》から中を見まわした時だった。

「……ああ、もしもし？　俺だよ。今、直十くんが来たとこ」

どこか楽しげに言った来島の声が、ふいに近く、耳に飛びこんでくる。

直十は思わず息をつめた。

死角に入ってよく見えないが、どうやら扉のすぐ横の壁にもたれて、来島が電話をしているらしい。

相手は――廿楽、だろうか？

自分の名前が出たところをみると、そうなのだろう。

「うん。元気だねー。声はいいな」

もしかして、廿楽はこっそりと、直十のことを頼んでくれたんだろうか……？

口ではあんなことを言っていたけど。

もちろん来島に――守田にしてくれれば、頼まれたからといって、基準に満たなければ通すことはできなかったんだろう。他の審査員の意見もある。

だが耳に届いた次の言葉に、直十は頭が真っ白になった。

「……ああ、落としたよ。おまえの言う通りな。でもなァ…、俺は、案外、いいんじゃないかと思ったよ？　結構、役にも合ってる気がしたし」

――え……？

来島の言った言葉の意味が、じわじわと頭の中に沁みこんでくる。

――廿楽の言う通り、落とした――？

つまり廿楽は、自分を落とすように頼んでいた……？

「廿楽、おまえさー。気持ちはわかるが、それ、ちょっとどうかと思うぞ？　……あぁ、まぁな。それはそうなんだろうけどさ」

いくぶんなじるような来島の声。

やっぱり、廿楽だ。

バタッ…、とその瞬間、狭い廊下に反響するような大きな音がして、直十自身、ハッと我に返った。

いつの間にか、肩からカバンが床へすべり落ちていた。

さすがに来島の耳にも届いたのだろう。

ふいに話し声が途切れ、グッと中から扉が開かれて、暗い廊下にわずかに光が差す。

「あ……」

来島と正面から目が合った次の瞬間、直十はとっさに落ちたカバンを拾い上げ、そのままあとも見ず走り出した。

「ちょ…っ、直十くん……！」

背中からあせったような来島の声が響いたが、直十は止まらなかった。

そのまま夢中で外へ飛び出し、どのくらいか走り続けて、ようやく息が切れて足を緩める。

ハァハァ…、と荒い自分の息遣いだけが耳につく。

――どうして……っ!?

心の中で叫んだ。

わかっていた。廿楽が頼もうが頼むまいが、自分は落ちていただろう。受かるだけの実力はない。

それでも、わざわざ頼んでまで落とさないといけないのか……？

賭のため――だろうか？　そのために？

そんなことのために、自分の思いが勝手にゆがめられるのか……？

「くそ…っ」

知らず、口汚く吐き出してしまう。

もうどうしていいのか、自分がどうしたいのかもわからなくなっていた。

「――おい、ナオジューじゃねーか！」

と、その時、軽い、覚えのある声が背中から聞こえてきた。と思うと、どすっ、と肩にのしかかるように男がなれなれしく腕をまわして、体重をかけてくる。

「濱下さん……」

わずかに身を引くようにしながら、直十は男をふり返った。

劇団の先輩の濱下と、その遊び仲間だろう。後ろで二人、にやにやと妙な笑みを浮かべて、おもしろそうに直十を眺めてくる。

「なんだ、ひょっとしておまえもオーディション、受けてたのか？　無理だろ、無理」

何が楽しいのか、ハハハハハッ、とテンション高く大笑いする。

「濱下さんも…、ですか？」

「ああ。けど、今日はちょい、声の調子が悪くてな…」

いくぶん言い訳がましく、濱下が喉のあたりを押さえてみせた。

「それより、どうしたよ、おまえ？　最近、稽古場にも顔、見せてねーみたいだし？」

「ちょっと…、バイト、いそがしくて」

気の合う先輩というわけではない。

無意識に逃げようとあと退った直十だったが、濱下は逆にグッと直十の肩を強く引きよせた。

「ま、いいや。おまえ、今日はもうヒマなんだろ？　オーディションも落ちてるしさ。いいとこ、連れてってやるよ」

「いいとこ……？」

直十はちょっととまどった。

「ああ、ちょっとしたパーティーがあるんだ。ギョーカイの連中も顔出すんだぜ？」

にやにやとどこか自慢そうに言った男の顔が不快だった。

「どうせこれからボロアパートに帰ったって、することないんだろ？」

しかしそう言われて、あ…、と直十は思い出す。

そうだ。今から廿楽のマンションに帰ることは……もうできなかった。

顔も見たくない。このまま姿を消した方がいいのかもしれない。

ぐっと歯を食いしばってそう思う。

荷物はおきっぱなしだが、もともとたいしたものは持ってなかった。今の服や何かも、全部廿楽に買ってもらったものだ。

自分がいなくなったら、賭はどうなるんだろ…？　自動的に廿楽の負けなのだろうか。

ふと、そんなことを思ってしまうが、……どうでもいいことだった。

もともと直十には関係ない。本当にどうでもいいことなのだ。

廿楽にしても、負けたってなくすものなんかもともとないはずだ。せいぜい恥をかくくらいで。

あのクラブの連中には、ほんのお遊びなのだ。

そしてそのお遊びのために、自分はいいようにふりまわされているだけなのだ。

「行くぞ、ほら」

濱下に引っ張られ、止めたタクシーに押しこまれた。さして抵抗する気も失《う》せていた。

連れて行かれたのは、比較的高級そうなホテルだった。フロントを通さずに、そのままエレベーターへ乗りこみ、濱下は迷わず階数を指定する。

携帯をとり出してどこかへ電話すると、「敦史《あつし》です、もう着きますよ」と短い連絡を入れていた。

そしてすぐにエレベーターは止まり、濱下は廊下の一番奥のドアをノックした。

どうでもいいや…、という気持ちでついてきた直十だったが、こんな場所はさすがに少し、違和感を覚える。

パーティーというのならもっと大きなホールとか、あるいは誰かの自宅とか。こんなホテルの一室というのは……。まあ、カラオケルームとかでパーティーをすることもあるんだろうけど。

すぐにドアは開いて、中から派手めの女が顔を出した。

どこかで見たような気もする。グラビアアイドルだっただろうか。だが直十よりも年上で、もう二十五は過ぎているはずだ。

「やだ。待ってたのよぅ、あっくん。――あら、可愛いコ、連れてるじゃない」

酔ってでもいるように身体がふらつき、機嫌のいい様子できゃらきゃら笑いながら女が言った。

「俺の後輩なんですよ」

そんなふうにざっと紹介して、背中を押すように中へ入れられた。

その室内を見てちょっと驚く。

ホテルの一室だというのに、かなりの人数がそこに集まっていた。この部屋だけで、十四、五人もいるだろうか。

スイートルーム、なのだろう。相当に広く、ゆったりとした間取りだ。奥の開けっ放しのドアの向こうが寝室なのか、そちらからも人の話し声や笑い声が聞こえてくる。

それにしても真っ昼間なのにカーテンは閉め切られ、そこここで重なり合うように身をよせ合っている姿があった。

床へべったりとすわりこんだり、ソファであられもなく抱き合ったり、弛緩《しかん》した状態で寝転んでいる男女もいる。

得体の知れない、異様な空気だった。

みんな酒に酔っているようで、しかしそれだけではない。

空気がよどんでいた。妙な匂いもして、吐き気がしそうになるのをぐっとこらえる。

「ほら、飲めよ。気分がスカッとするから」

押しつけられるように、濱下から何か入ったグラスが渡される。

アルコールのようだったが、直十はそれを口元に近づけただけで、飲んだふりをしてすませた。何か危ない気がした。

――なんだ…、ここ……？

ぞくり、と肌が泡立つようだった。

やばい…、と身体の奥で何かが警報を発している。全身から汗が噴き出してくる。

「濱下さん…、俺……やっぱり」

直十は足を止め、強ばった笑みで前を行く男に呼びかけた。

「いいから、来いって！　使える若いの、紹介しろって言われてんだからさ」

しかしいらだったように言って濱下は直十の腕をつかみ、引きずるように奥のベッドルームへ進んでいく。

一歩中へ入って、直十はそこで立ちすくんでしまった。

大きなベッドの上で、半裸の男女が絡み合っている。獣じみたあえぎ声と、淫靡《いんび》な息遣い。そしてそれを撮影している男が一人。

さらにベッド脇《わき》のソファに腰を下ろした男が、それを楽しげに眺めていた。

いかにもやくざ風の男だ。

甘楽も一見、強面だが、この男は硬派な雰囲気よりもっと崩れた感じだった。

ノーネクタイで胸元の大きく開いたソフトスーツに、ゴールドのチェーンが見える。

その男の横には、しなだれかかるように女が一人ついていたが、表情がどこかうつろだった。

そして、そのうしろの方でも女が一人。

恍惚《こうこつ》とした表情で、自分の腕に注射を打っていた。

――クスリ《ドラッグ》……？

直十は大きく目を見張った。

やばい、どころではない。一気に血の気が引くような気がした。

「おお、敦史。……そいつか？」

顎をしゃくるようにして、ソファにすわる男が濱下に尋ねている。

「ええ、こいつは結構使えますよ。なんでも言うこと聞きますしね」

「ああ。女たちのとこにモノを運んでくれるヤツが欲しかったんだよな…」

男と濱下の間で交わされるそんな会話に、直十はぎくしゃくと首をふった。

「俺…、こんな……」

じりっとあと退り、一気に逃げ出そうと身を翻す。

「バカっ、おまえっ！」

が、襟をつかまれて強引に引きずりもどされた。

「今さら何言ってんだよっ！」

「――ぐっ…ぁ…っ」

濱下が容赦なく直十の腹を蹴り上げ、胃液が喉元まで逆流してくる。

ずるり、と直十はそのまま絨毯《じゅうたん》へ崩れ落ちた。肩で大きく息をする。

それでもなかば本能で、這うように外へ出ようとした。

こんなところにいたらダメだ…、と思う。

が、腕をひねり上げるようにして引きずりもどされ、床に腰をついたまま、壁に背中を押しつけられた。

「俺に恥かかせんなよ…、ええ？」

容赦なく手の甲で頬が張られ、指が食いこむくらいきつく顎がつかまれる。唇が切れたようで、口の中に血の味が広がった。

うつろな目で、直十は目の前の光景を眺める。

こんな状況なのに、なぜかふっと、笑いたくなった。

ホントに危ない秘密クラブっていうのは、こういうとこなんだよな…、――と。

それがわかった気がして。

同じ「オトナの遊び場」には違いないんだろうけど。

クラブでのバイトも少し慣れてきた頃で、顔馴染みのメンバーもでき、もちろん賭の対象というせいもあるのだろう、時々、からかわれるみたいに声もかけられて。

でも、あそこの人はみんな優しくて——大人だった。

直十に対するほどよい距離と、空気を作ってくれていた。

髙埜も…、まだスーパーの時の礼も言えないままだったけど、厳しくて、でも本当はいい人なんだろう。決して覚えがいい方じゃないと思うけど、根気強くいろんなことを教えてくれた。

なんだか本当に、夢の中にいるようだった。

今も。そして、廿楽と会ってからのこのひと月のことも。

そのうちふっと、もとの安アパートの薄い布団で目が覚めるような気になってくる。

だがやはり、現実は目の前にあったようだ。

「おい、敦史…。何も、手荒にしなくたっていいさ。言うこと聞くように、いい気持ちにさせてやればいい」

ソファにすわった男が物憂げに直十を見下ろし、にやっと笑って言った。

それにゾッと背筋が寒くなる。

「……だってさ」

肩をすくめて濱下が立ち上がった。

「おまえにはコレ、もったいないくらいだけどな…。ホントはもっと軽いヤツから始めるんだぜ？」

言いながら、何かを女から受けとる。

注射器――だ。

直十は大きく目を見開いたまま、息を呑んだ。

「や…、やめろ……っ！」

恐怖で身体がガクガク震えてくる。

必死に暴れるように両手をふりまわすと、チッ…、といらだたしく舌を打った濱下に手加減なく殴り飛ばされた。

頭が壁に打ちつけられ、ちょっと意識が遠のく。

「すぐ気持ちよくなるって」

言いながら、濱下が直十の左腕を引っ張り、袖をまくり上げた。

そっと息を吐き、観念したように、直十は目を閉じて身体の力を抜く。

「そうそう…、いい子にしてな」

そして、男がわずかに身をよせてきた瞬間だった。

「――くそ…っ！」

渾身《こんしん》の力で直十は男の胸を突き飛ばした。体勢を崩したところをさらに足で思いきり、突き放す。

声を上げて、濱下が背中から倒れこんだ。

いやぁ…、と巻き添えを食った女が、何が起きているのかも理解できないように、だるそうな声をもらした。

その間に直十は必死に身体を起こし、よろめきながらも本能的にドアを目指す。

どうやら部屋に集まっている連中はほとんどがトリップしていて、直十たちがこれだけ騒いでも反応が鈍い。遊んでいるように見えるのか、ゲラゲラと笑うばかりだ。

足下がおぼつかないまま、壁により掛かりながらなんとかドアの近くまでたどり着く。

「てめぇ…！」

腕を伸ばしてノブをつかもうとした時、後ろから髪が引きつかまれた。

「——あ…ぅ…っ！」

そのまま腕で首が絞められ、目の前がかすんでくる。

目の前に見えるドアが遠い。届かない。自分の身体が重く、そのまま後ろに倒れそうになる。

もうダメだ……。

と思った——次の瞬間だった。

「直十…！」

いきなり目の前が大きく開けた。

廿楽が立っている。見たこともないくらい、ひどくあせった顔で。

もう夢なのか、現実なのかもわからない。

「つ…づら……？」

それでもこの男の顔が見られたのがうれしくて。

無意識に、すがるように腕を伸ばしてしまう。

「その手を離せ…っ！」

すさまじい怒鳴り声が響いたかと思うと、廿楽が直十の肩越しに背中の男を殴り飛ばしたようだ。

つかまれていた腕が離れ、スッ…、と呼吸が楽になって、そのまま崩れ落ちた身体が廿楽の腕に受け止められる。

「おいっ、直十！　大丈夫かっ？」

揺さぶられるようにして聞かれ、大きく息を吸いこんで、ようやく直十はうなずいた。

「だい…じょうぶ……」

それでも、ごほっと大きく咳《せ》きこんでしまう。

と、その横を通って、バラバラバラッと何人かが部屋に踏みこんでいく気配がした。

「警察だ！　そのまま動くな！」

――警察……？

その厳しい声が、ぼんやりと頭に入ってくる。

直十は廿楽の腕に抱き上げられたまま、混乱を避けるように廊下へと連れ出された。

エレベーターホールのソファに腰を落ち着け、ようやく新鮮な空気に包まれてホッとする。

「大丈夫かい？　ヒドイ目にあったな…」

と、横から直十の顔をのぞきこむように声をかけられて、あ…、と直十は顔を上げた。

「来島さん……？」

どうしてここにいるんだろう…、と思う。

いや、それを言えば廿楽もだ。

「……ったく、おまえがヘマをするからこういうことになるんだ」

直十をまだ抱きよせたまま、ぶつぶつと廿楽が文句をつけた。

「俺のせいかよ…。おまえが初めから説明してないからだろ？」

それにムッとしたように来島が言い返す。

「どういうことだよ…、これ……？　なんで…、廿楽がいるんだ……？」

ようやく少し気持ちが落ち着いて、しかしいろんなことがごちゃ混ぜになっていてまったく理解できない。

ああ…、とちょっと体裁が悪いように、来島が指先で頬をかいた。

「あのあと、君を追いかけていったんだけどさ…、濱下にタクシーに乗せられるのを見かけて。あいつ、悪い噂《うわさ》もあったし、妙に危ない気がしてね…。そのままあとをつけて来たら、このホテルに入っただろ？　さすがにまずいと思ってね。廿楽に連絡して、警察にも連絡を入れた。濱下がこういうパーティーをやってるって…、ちょっと小耳に挟んだこともあったから」

さすがに業界のことに通じているらしい。

しかしそれだと、オーディションの審査はそのまますっぽかした、ということだろうか？

大丈夫か…？　と心配になる。

「警察を待ってたんだけど、廿楽が先に飛んで来てね。フロントを脅して鍵を開けさせたんだよ。緊急事態だからって…、直十が死んだら責任をとってくれるんだろうな、ってすごんでた。なんせ、この顔だろ？　まんま、恐喝だよな」

くすくすとおもしろそうに笑われて、廿楽がチッ…、と舌を弾く。

直十はおずおずと、まだ自分を抱きかかえるようにしている男を見上げた。

心配……してくれたんだろうか？

と、その時だった。

「守田さん、すみません。ちょっとお話をいいですか？」

制服を着た警官が、来島の背中から呼びかけた。

なるほど、警察に連絡を入れたのも守田名だったのだろう。その方が通りがいい。

そのそんな丁重な呼びかけに、はい、と応えたのは、来島と——そして、廿楽も同時だった。

廿楽はなかば、腰も浮かしかけている。

「え…？」

意味がわからず、直十は小さく声を上げた。

「ああ…、俺が行ってくるよ。おまえは直十くんに説明しとけ」

廿楽を指さすようにしてぴしりと言うと、来島が警官と一緒に姿を消した。

「どういう……ことだよ？」

守田――守田恭司というのは来島のペンネームだ。それはいい。

だが、なぜ廿楽も……？

ハァ…、と、廿楽が大きなため息をついて、ようやく口を開いた。

「守田恭司っていうのはな…、俺と来島と、二人で一人のペンネームなんだよ」

「な…………、えぇぇぇぇ……っ!?」

直十は思わず、悲鳴のような声を上げてしまう。

「役割分担は一応、あるんだけどな。話ごとにどっちがメインで書くかとか。だいたいネタ出しはあいつで、俺が形にする方が多いが。ただ俺があんま、対人折衝が得意でもないんでな…、演出はたいてい来島に任せてる」

「だって……、じゃあどうして……オーディション……」

――落とした、くせに……！　わざわざ頼んだくせに！

「いや、それは……」

視線を外したまま、あーうー…、と言いづらそうに廿楽が口ごもる。

「俺を…、自分の舞台には出させたくなかったってこと？」

脚本家として、イメージじゃない、と。あるいは、まだまだぜんぜん、その実力じゃない、と。

「……まあ、実際、おまえは大きな舞台に立つ前に、もうちょっと基礎をつけた方がいいとは思うよ。来島は、実際に舞台に上げて鍛えても、って言ってたんだがな」

ため息混じりに淡々と言われ、そうだよな…、と直十も冷静にうなずいてしまう。

「それにな…。今度のオーディションしてる舞台は、来島がほとんどプロット立てたやつなんだよな。その…、今、俺は別の、とりかかってるから。……おまえが家に来てから書き始めたやつ。多分、もっとおまえには向いてる。……と思う」

「え…？」

いくぶん照れたように言ったそんな言葉に、直十はふいに頬が熱くなった。

それはひょっとして、自分をモデルに、ということだろうか？　まさか。

「――ま、つっても、おまえがやるにはまだまだ時間が必要だと思うが。ただ…、今、そんなにあせる必要はないさ」

頬をかきながら、ちょっとまじめな顔でそんなふうにつけ足された。

つまりそれは、待ってくれている――、ということみたいで。

直十がちゃんとやれるようになるまで。

「そ…なんだ……」

なんて言っていいのかわからず、小さな声でようやくそれだけを言った。

そして、あ、だからか――、とようやく結びついた。

時々直十が買ってこさせられていた妙なグッズは、資料に使っていたのだろう。

おたがいに気まずいような…、というか、むしろおたがいに何を言っていいのかわからない、困惑した沈黙が落ちる。

ようやくぽつり、と廿楽が言った。

「……おまえ、大丈夫か？　今日のクラブのバイト、無断欠勤じゃないだろうな？」

「あっ！」

その指摘に、直十はようやく思い出す。

「何時っ!?」

ガッ、と廿楽の腕をつかんで腕時計を見ると、すでに三時に近かった。日曜のバイトは、二時が入りなのだ。

「高埜にしばかれるぞ。あいつを怒らせると、マジ、恐いからな」

「ほんと、恐そう……」

うなるように言った廿楽の言葉に、直十も、ハハハ…、と引きつった笑みが無意識にこぼれてしまう。

いっぱい嫌みを言われて、いっぱいペナルティを食らいそうだ。きっと、トイレ掃除もしばらくは直十の役目だろう。

――いや、しばらく、というほどの時間は、もう残されてないのかもしれなかったけれど。

テストまで、残り五日だった。


警察に事情を聞かれたり、そのあと食事をすませたりと、結局、直十が甘楽と一緒にマンションに帰ってきたのは、七時を過ぎた頃だった。

途中でクラブには連絡を入れ、今日は休ませてもらうことにした。

もう少し早く連絡を入れるのが社会人としての常識でしょう――、と、例によって厳しく指導されたが。

「若頭のしつけでは甘過ぎるんじゃありませんか？」

と、冷ややかな声でチクチク嫌みを言われたらしく、連絡を入れてくれた甘楽も、ハイ…、と電話越しにおとなしく頭を垂れていた。

……あと五日。どっちにしてもここにいられるのは、あと四日…、かぁ……。

いったん部屋へもどってパジャマに着替え、直十はなんとなく部屋の中を見まわした。

クローゼットの中の、来島のネクタイをじっと見つめる。

そしてリビングへ出て行くと、さっさと風呂から上がってきたらしい甘楽がいかにもオヤジくさく、缶ビールを空けていた。

今日はめずらしく、ちゃんとバスローブをはおっている。

「あのさぁ…」

男のすわるソファに近づいて、おずおずと直十は口を開いた。

「なんだ？」

無造作に聞き返してから、甘楽がグビッ…と大きく一口、ビールを喉に流しこむ。

「来島さんてさ…、ひょっとして昔、あんたの恋人だったの？」

——瞬間、ブ——ッ！　とマンガみたいな勢いで甘楽がビールを噴き出した。

「うわっ…！　きたな……っ」

あせって、直十は甘楽の横から飛び退《の》いた。

「恐ろしいことを言うなっ！」

真っ赤な顔で激しく咳きこみながら、跳ねるように立ち上がった男が直十の頭上から怒鳴りつけてくる。

「だって、ここで暮らしてたんだろ？　同棲してたんじゃないの？」

「違う。仕事の関係で定期的に泊まりこむことがあるだけだ。せっぱ詰まってる時とかな」

むっつりと説明されて、あ、そうか…、とようやく直十も気がつく。

共同で一本の脚本を仕上げるのなら、いろいろとすり合わせも必要だろう。電話でのやりとりとか、定期的な打ち合わせがあっても、締め切りが迫れば来島が泊まった方が効率がいい、ということなのだ。

「つまんねーこと言ってると、本気で犯すぞ、てめぇ…」

低い声ですごむように言われて、直十はそっと息を吸いこんだ。

「やってみれば？」

さりげなく言ったつもりで、しかし強ばった声だった。

ふっと、廿楽の眼差しが細くなり、何か探るように直十を見る。

「バカ言ってんな」

そしてスッ…と視線を外すと、残りの缶ビールを飲み干し、何かを押しこめるようにぐしゃっと手の中で握り潰した。

「やる度胸もないくせに」

それを見ながら、あえて鼻で笑うように直十は挑発する。

「ずっと我慢してんだよ、俺は。オトナだからな」

低く押し殺すように言われた言葉に、直十は嚙みついた。

「我慢ってなんだよっ？」

——期待させんなよっ、バカ…っ！

そう、怒鳴りつけたくなる。

期待して――いいんだろうか？

そして同時に、そんな泣きたい気持ちが湧いてくる。

「どうせ女ともろくな経験がねぇくせに。好奇心でやろうとすんな」

「じゃあ、教えろよ。教えてほしかったらいつでも言え、って言ったの、あんただろっ？」

畳みかけるように言うと、甘楽が黙りこんだ。むっつりと、何か困ったように頭をかく。

「どうせしょぼいモンしか持ってねーんだろっ。俺に笑われるのが恐いんだろっ。ヘタクソのソーローのホーケーなんだろっ！」

本当に泣きそうになりながら、必死になじるみたいにしてつめよる。

「あのな」

ぎゃんぎゃんとわめく直十に甘楽が低くうなると、ふぅ…、と長い息を吐いた。

手の中で潰していた空き缶を、思いきりキッチンの方へ投げる。

「……おまえが悪いんだからな。あとで泣き言は言うなよ」

横を向いたままそれだけを言うと、いきなり、肩に担ぐようにして直十を抱き上げた。

「――うわ…っ！　ちょっ……！」

あせった直十にかまわず、甘楽はそのまま自分の仕事部屋に入ると、無造作にベッドへ放り出す。

明かりはつけず、薄暗い部屋の中で、ただ男の存在だけを感じた。

気配と、匂いと。あの時みたいに。

男の影がベッドに近づき、伸びてきた手が直十の顎をつかむ。

そっと、何か確かめるように親指で唇が撫でられ、グッと強く引きよせられて、唇がふさがれた。

「ん…っ…」

男の舌が強引に唇を割り、直十の口の中へ侵入すると、圧倒的な力で蹂躙《じゅうりん》していく。舌がきつく絡められ、かきまわされ、奪われる。

直十は無意識に、男の胸のあたりでローブを握りしめた。

何度も何度も、くらくらするくらい激しく唇が味わわれ、ようやく解放される。自分の荒い息遣いが耳に届き、男の手のひらに頬を包みこまれるのがわかる。

直十はそっと顔を上げて、にやっと笑ってやった。

「女三人をいっぺんに満足させられるんなら、俺一人くらい、ちゃんと気持ちよくしてくれるんだろうな？」

「どうだかな…。お子様を相手にしたことがないんでね」

おたがいの吐息が触れるくらいの至近距離で言い合う。おたがいの体温まで感じられるようで、ドクッ…と身体の奥で何かが震える。

薄闇の中で、一瞬、目が合った。

ふっとその眼差しが優しく笑う。

「ベッドマナーを教えてやるよ」

かすかに笑うように言ったかと思うと、男の身体がのしかかってきて、そのままシーツへ組み伏せられた。

両手が束ねて頭上で押さえこまれ、廿楽のもう片方の手が器用にパジャマのボタンを外していく。

「ふっ…、ん…っ、——あ……っ…」

はだけさせた隙間から、つっ…、と指先で直《じか》に肌がたどられ、思わずうわずった声が唇からこぼれ落ちる。

「ずいぶん感じやすいじゃねぇか…。ココも……」

かすれた声で言いながら、男の手のひらが脇腹をすべり、胸へと這い上がった。

「立ってるな」

指先で早くも芯を立てていた乳首が弾かれ、耳の中を舌でかきまわされながら言われて、ぞくり…、と身体の奥に痺れが走る。

「——っつ…、あぁぁ……っ！」

指先でキュッと乳首がひねり上げられて、その鋭い痛みにたまらず直十は身体をのけぞらせた。

「ふ…ぅ……、あ……ん……っ」

だがその小さな芽が今度は舌先で転がすようになめ上げられ、沁みるような痛みが次第にもどかしいような甘い疼《うず》きに変わっていく。

「感じるか？」

「だれ…が……っ」

笑うように聞かれて、歯を食いしばって直十は言い返す。

「それにしてはこっちも」

とぼけるように言いながら、男の手がするり、とパジャマのゴムをくぐって直十の中心へ伸びた。

「あぁぁ……っ！」

下着越しに中心がギュッとつかまれ、思わず悲鳴のような声を上げてしまう。

「もう硬くしてるようだがな？」

「く…、ん……っ…、――あぁっ…！」

下着の上からいくぶん強めにもまれ、直十は逃げるように……むしろ押しつけるようにして腰をまわしてしまう。

男の指の動き、与えられる強弱が絶妙で、飢餓感と焦燥感があおられる。もっと強い刺激が欲しくてたまらなくなる。

男の指が下着の脇から入りこみ、すでに硬く張りつめているモノの表面をゆっくりとなぞっていった。

「ん…、あ……、あぁ……っ！　や…っ…、もう…っ」

もっと強くっ、と無意識に口をつきそうになり、必死に唇を噛む。

「直接こすってほしいんだろ？　ん…？」

男の唇が頬をかすめるようにしてすべり、耳元でこっそりとささやくように尋ねてくる。

「ち…ちが…っ」

「可愛くおねだりしたら、してやるぞ？」

とっさに否定した直十にかまわず、男はさらにねっとりと意地の悪い言葉を落とす。

そして小さくとがらせている乳首をついばみ、軽く歯が立てられた。

「あぁ……っ！」

鋭い刺激が胸から身体の芯を走り抜け、熱く疼く中心を突き抜けるようだった。

「パンツ、濡らしてるぞ」

からかうように言われて、カッ…、と頬が熱くなる。

完全に子供扱いしているということだろう。

経験が違うのだ、と。だがそれは年が違うのだから、仕方がない。

「クソオヤジ…っ！」

泣きそうになりながら、直十は吐き出した。

「――ひ…っ、あっ、あぁぁ……っ！」

が、指先で下着の上からその濡れた先端がクリクリと摘まれ、たまらず直十は腰を跳ね上げる。

「もっ…、……やく…っ！」

直十は無意識に両手で男の肩をつかみ、額を喉元に押しつけるようにしながらうめいた。

「うぶいのも悪かねぇが、もうちょっと色気をつけた方がいいかもな…」

男が吐息で笑うように言って、ようやく下着が押し下げられ、飛び出したモノが男の手の中でしごき上げられた。

「あぁ…っ、あぁぁっ……いい――……っ！」

男の肩に爪《つめ》を立てたまま、快感に呑みこまれるように直十は身体を揺すり上げた。

「まだまだ、ほんの前戯だぞ？」

あきれたように言った男が、手の甲でそっと頬を撫で、優しいキスが落とされる。

「んん……」

さっきみたいに奪うような激しいものではなく、優しくペースをたもたせてくれる。

無意識に追いかけるように、直十もキスをねだってしまう。

そして男の手が、直十の片足を大きく抱え上げた。

「あ…っ、な……」

今までにない恥ずかしい格好に、思わずうろたえた声が上がった。足の間に、にやりと笑った男の顔が涙ににじんで見える。

「もっとよくしてやるよ」

そう言うと、男は直十の両足を抱え上げ、腰を浮かせた。

あっ、と思った次の瞬間、内腿《うちもも》にざわっと舌の這う感触を覚える。

「あぁ…っ」

つけ根のあたりのやわらかい部分が軽く噛まれて、それだけですさまじい刺激が背中を貫く。

じわじわとそこに近づいていく予感に身体が震え、ついに中心で反り返っていたモノが男の口に含まれて、カーッと頭の中が沸騰しそうになった。

「なっ…、やめろ……っ！」

思わず声を上げたが、男の舌は直十のモノに絡みつき、巧みにくわえられた。

根本を指で押さえこまれたまま、先端から根本まで丹念に舌が這わされ、蜜《みつ》を滴らせる先端が舌先で拭《ぬぐ》われていく。

根本の双球が指できつくもまれながら、さらに執拗《しつよう》にしゃぶり上げられる。唾液《だえき》と自分のこぼしたもので濡れそぼった中心に、男があえてヒゲをこすりつけてくる。

「ふ…、あぁぁ……っ」

今までに覚えのない、強烈な快感だった。

「口でしてもらったこと、ねぇのか？」

唾液に濡れてそそり立つモノを指で撫でられながら聞かれたが、もちろんそんな経験はない。女にも、当然、男にもだ。

「じゃあ当然こっちも…、ないんだろうな……」

つぶやくように言った男の指が、スッ…と細い溝をこするようにしてさらに奥へと入りこんできた。

信じられない場所を指でなぞられて、直十は思わず息を呑む。まさか、と思う。

だが次の瞬間、そのすぼまった部分が舌先でなめ上げられ、たまらず声を上げた。

とっさに引いた腰は両手でがっしりと押さえこまれ、さらに両膝をつかまれるようにして腰が浮かされ、無防備に恥ずかしい部分がさらされる。

「バカ…っ、見るなよ…っ！」

直十はとっさに両腕で顔を覆った。

見られたくないのは顔ではなかったが、しかしそこに与えられた愛撫《あいぶ》に自分がどんな恥ずかしい表情をしているのか——考えるだけで泣きそうになる。

しかし容赦なく男の指は直十の奥をこじ開け、執拗に唾液を送りこんで溶かしていく。

「ダメ…っ、ダメだ…っ！ ——あ……、ふ……、あぁ……っ」

濡れそぼった襞《ひだ》が指先でかきまわされ、ぞくっと身体の奥に得体の知れない熱がたまり始める。

「力…、抜いてろよ」

かすれた声で男が言うと、グッ…と指が突き入れられて、直十は大きく身体を反り返らせた。

「やぁ…っ、やだ…っ、や…ぁ……、抜けよぉ…っ！」

ザッと鳥肌が立つような違和感に思わず叫ぶが、その指が中でゆっくりと抜き差しされ、大きくかきまわされて、次第に甘い、何か溢れ出すような奇妙な感覚が湧き上がってくる。

男のもう片方の指がいくぶん力を失っていた前にかかり、後ろと合わせて動き始める。

「あっ…、……あっ…、あぁっ……！」

何か熱いものが体中、いっぱいに膨れ上がり、直十はぎゅっとシーツをつかんだまま、無意識に腰を揺らした。

経験したこともない、どこか危ういような快感が全身を呑みこんでいく。

「気持ちいいだろ…？」

かすれた声で聞かれたのも、ほとんど耳に入ってはいなかった。

後ろの指が二本に増やされ、前の根本をきつく押さえこまれたまま、何度も深く突き上げられる。

「もう…っ、もう…っ…、も…や……ぁ…」

自分でも何を口走っているのかもわからないまま、直十の身体は快感を追う。

「イッていいぞ」

そんな声が聞こえ、いっぱいに張りつめた前が男の口に含まれた。やわらかな舌でなめ上げられ、さらに熱くうねる波が下肢で暴れまわる。

「あぁぁぁぁ――――……っ！」

きつく吸い上げられ、押さえこまれていた指が放された瞬間、直十は男の口の中に放っていた。

どんな声を上げたのかもわからない。放心状態で、気がつけばただ大きくあえぐ自分の息遣いだけが耳に届く。

親指で口元を拭いながら、のっそりと廿楽が顔を上げた。目の焦点が合っていない直十を見下ろしたまま、かすかに笑う。

「最後までやる気はなかったんだがな」

言われた意味が、最初、わからなかった。

しかしベッドの上で膝立ちになった男が、無造作に着ていたバスローブの前を割り、その中心を直十の下肢に押しつけてくる。

肌に触れたその熱い塊が何かわかった瞬間、はっと我に返った。

すでに力の入らない腰が、無造作に引きよせられる。さっきまで指でさんざんいじられ、まだ熱を孕《はら》んでいる部分にあてがわれて、直十は思わずうめいた。

「さ…いてぇ…っ」

だが逃げるにも、腰が抜けたように力が入らない。

やわらかく溶けた襞が、あてがわれた硬い男のモノにいやらしく絡みついていくようにヒクヒク動いている。

「う……っ」

焦《じ》らすようにこすりつけられて、さらに熱が増す。

「悪いな。俺もそれほど人間ができてないんでね」

男はうそぶくように言うと、両足を抱え上げ、一気に突き入れてきた。

「──ひ…、あぁぁぁぁぁ……っ！」

指とはぜんぜん違う大きさに、身体が大きくのけぞる。

かすれた声で名前を呼びながら、男の腕が直十の背中を抱き上げ、さらに身体を密着させて腰を揺すり上げる。

「直十…、ナオ……」

深くえぐられ、こすり上げられて、身体の中で脈打つモノと、そしてなぜか自分の中心も、再びドクドクと熱を持ち始める。

夢中で男の腰に足を絡ませ、男の首にしがみついて、直十はただ与えられるままにすべてをむさぼった。

痛みも、──快感も。

もう何がなんだかわからない。

「──あぁっ…、あぁぁぁ……っ！」

激しく腰が打ちつけられ、何かが弾けた瞬間、ふっとすべてが目の前から遠のいていった。

それでも意識を飛ばしていたのはほんの数秒なのだろう。

「直十…」

男の声が遠くに聞こえる。硬い指先が優しく頬を撫でる。

しっとりと温かい熱に包まれて、あ…、と気がつくと、ずるり、と男のモノが抜けていくところだ

った。

「あ……」

中をこすり上げられる感触にぞくっと背筋が震え、直十は必死にぶり返しそうになる熱をこらえる。

「よかったか？」

ちらっと笑うようにして聞かれ、直十は唇を突き出した。

「わ…かんねーよ……。他のヤツ…、知ねぇし」

やっぱ、ケツは痛ぇし、と心の中でつぶやく。

それでも甘い熱と、痺れるような快感の余韻は……はっきりと身体の中に残っていた。

「それは不運だったな」

そんな直十の言葉に、まんざらでもなさそうに男が顎を撫でる。

「この先、俺以上におまえを満足させられるヤツはいなくなったわけだ」

「でも、オヤジはいつか衰えるだろ？　回数とか、持久力とかさ」

うそぶいた男に、直十は何気なく言い返す。

それに、予想以上にぐっ、と廿楽が言葉をつまらせた。

「おまえな…。それはピロートークとして思いきり、マナー違反だぞ？」

そして、うなるようになじってくる。

「ベッドマナーってどういうんだよ？」

温かく大きな男の腕の中でころころと身体をよじり、無意識に居心地のいい場所を探しながら直十は尋ねた。

「そうだな…、まずベッドの中のあえぎ声は、いや、と、やめて、が基本だ」

「……やめてくれんの？」

思いきり疑わしげに聞いた直十に、男があっさりと答える。

「むしろそそられる」

「ヘンタイだな」

「フツーだ」

白い目で言った言葉に、すかした顔で廿楽が返してきた。

「単にあんたの趣味だろ？」

「もっと、と、来て、も悪くない」

ふぅむ…、と顎を撫で、考えこむようにして男が続ける。

「アナタの大きくて硬いのが欲しい、もいいな」

「AVだろっ、それっ」

「そのうち言わせてやるよ」

抗議した直十に、廿楽がエロい顔でにやっと笑った。

ホント、どーしよーもねぇオヤジだな……。

ため息をつき、直十は男の肩口に顔を埋《うず》めるようにして目を閉じた。心地よい倦怠感《けんたいかん》が体中に満ちている。

「おやすみのキスは？　欲しくねぇのか？」

指先でかき混ぜるように髪を撫でられながら、楽しげなそんな声が聞こえてくる。

――また子供扱いかよ……。

むっ、と思いつつ、直十は顎を突き出すようにして顔を上げた。

「いる」

◇　　◇

テストの日――賭の結果が出る日だ。

この日も通常通り、直十はクラブへバイトに行った。

テストは夕方の六時をまわった時から、十一時まで。

この日、クラブに顔を出したメンバーの一人一人を、直十が接客する。その際に、数分間ずつ会話を交わす。それでメンバーそれぞれが判断を下す――、という形になっていた。

そしてメンバーそれぞれが○×をメモして、決められた箱に入れていく。

十一時を過ぎたらオーナーがそれを開き、結果を発表するようだ。

直十はいつも通り準備を手伝い、しかし五時半を過ぎた頃からだんだんと心臓が痛くなった。身体から血の気が引いていく気もする。

とりあえず、できるだけのことはした……つもりだったけど。

メンバーの顔と名前――通り名だ――は、なんとか一致させていた。それぞれの趣味や飲み物の好みなども。

そういえば、最初に会った時、廿楽が頼んでいた「いつもの」飲み物は何かのカクテルかと思ったが、どうやらリンゴジュースだったらしい。意外とカワイイ。

他のメンバーにも、いつものでよろしいですか、とこちらから声をかけられるくらいにはなっていたが、それでも足りないところはいっぱいあるのだろう。

この時間はまだ客の姿もなく、サロンには高埜と二人だけだった。

土壇場まで来て何をしたらいいのかわからず、ただ無心に、強い力でカウンターを拭《ふ》いていた直十の横に、いつの間にか高埜が近づいてきていた。

「思い出しましたよ」

静かに声をかけられて、ハッと直十は顔を上げた。

「なに……？」

いきなりで何のことかわからない。

「若頭はあなたがここに来る前から、あなたのことを知ってたんですね」

「え…？」

穏やかに微笑んで言われ、直十は驚いたのとまどったので首をかしげた。

「そんなはず……ないけど」

直十の方はもちろん知らなかったし、心当たりもない。

「聞いたことがありました。二年くらい前かな。なんだか仕事でうまくいかないことがあって…、ずいぶん批判を受けたとかで」

高埜は廿楽の仕事を知らない、あるいは知らないふりをしているわけだから、曖昧《あいまい》な言い方だったが、おそらく手がけた脚本がたたかれた、ということだろう。

「飲んだくれて道で行き倒れていた時に、直十くんにはげましてもらったと。確か、芝居のチケットをもらったとかで」

「あ……」

言われて、うっすらと記憶がよみがえってくる。

そう。二年近く前だった。飲み屋のバイトをしていた時だ。ゴミを捨てに出た薄暗い裏通りで、酔っぱらった男が転がっていた。

――くそったれ…っ！　おまえらに何がわかるんだよ…っ！

おい、大丈夫か？　と声をかけた直十に、そんなクダを巻いてきた。

いらだちを吐き出すようにわめき立てる言葉からは、仕事でいろいろ言われたんだろうなー…、と直十もそのくらいしかわからなかったが。

『いいおっさんがこんなとこでしょぼくれてんなよ。——ほら、コレやるから。気晴らしに見に来いよ。おもしろい舞台を見れば、嫌なこと全部、忘れられるって』

そんなことを言って、自分の初めて出た舞台のチケットを押しつけた気がする。

本気でその男が見にくると思ったわけではなかったが、渡されていたチケットのノルマはとてもさばききれなくて、たくさん手元にあまっていたのだ。自分の持ち出しになっても、とりあえず配ることを考えていた。

暗くて顔もはっきりしなかったが、もしそれが廿楽だったとしたら、おそろしく恥ずかしい。

人気脚本家にあんな芝居を、というのもあるし、その芝居のことでたたかれてへこんでいる人間に、わざわざ芝居のチケットを渡してしまったことも——だ。

「すごく粗い芝居だったけど、エネルギーがあっておもしろかったと。チケットをくれた彼がすごく一生懸命で、見てて勇気づけられたと言ってました」

静かに続けた高埜の顔を、直十はぼけっと見つめてしまった。

見に来ていた……のか？　廿楽が。

直十を……、直十の名前を、探してくれたんだろうか？

おそらく、誰一人として目も向けていなかっただろう、ほんの小さな役でしかなかった直十を。

「それからよく、そこの芝居は見に行っていたと言ってましたから」

じわっと胸の奥が熱くなって。まぶたも焼けるように熱くなって。

こぼれ落ちそうになるものを、必死にこらえる。

――と、インターフォンの鳴る音がかすかに響いた。昔の電話のベルのような、やわらかな音だ。

「肩の力を抜いて。いつも通りで大丈夫ですよ」

ぽん、と軽く直十の肩をたたき、高埜が赤い扉を開けにいく。

相変わらず堅気とはほど遠い雰囲気で、最初の客がサロンに入ってきた――。

end.

ペナルティ

「さて、ＲＤＣメンバーの皆様」

「オーナー」の淡々と落ち着いた声がサロンに広がった。決して大きくはないのによく通る。

午後十一時――。

ふだんなら、直十《なおと》はクラブでのバイトから上がる時間だ。

だがもちろん、今日はクラブの閉じる十二時まで居残ることになっていた。なにしろ、自分の命運がかかっているのだ。

……いや、むしろかかっているのは、「若頭」こと、廿楽大五郎《つづらだいごろう》の命運なのかもしれない。

直十にとっては一カ月の特訓の成果を問われるテストの一日を終え、廿楽にとっては賭《かけ》の結果が出る瞬間である。

それこそ「マイ・フェア・レディ」のヒギンズ教授よろしく、このひと月の間、野良猫同然にアパートを追い出された直十をしつけつつ、生活全般の面倒をみてくれた廿楽も、今はその結果をサロンの片隅で待っている。

他のメンバーたちの後ろで、どっしりとソファに腰を下ろし、腕を組み、瞑目《めいもく》して。しかし引きつったような緊張が、その頬《ほお》のあたりにかいま見える。

レッド・ドア・クラブ――それぞれに癖のあるＲＤＣのメンバーたちの「話し相手《コンパニオン》」としてふさわしいか否か。

自分が何をしたいのか、どうすれば道が開けるのか。それさえもわからないまま、ただもがくみたいにして毎日を生きていた直十が、たったひと月、廿楽と暮らして。

毎日の生活は大きく変わった。食うに困らなくなった、というだけでなく、……気持ちの中で、何かが。

だが本質的に自分がどれだけ変われたのかは、正直よくわからない。なにしろはっきりとした基準もわからない賭だ。

礼儀作法やクラブでの接客は、最初の頃に比べればかなりマシになったのかもしれない。——これはマネージャーである髙埜《たかの》の特訓（しごき、と言った方がいいのかもしれない）のせい…、いや、おかげだろう。

毎日のように廿楽にやらされたので、料理も少しはできるようになった。洗濯や、掃除も一人の時よりはしっかりと部屋の隅々までやるようになったので、多少は効率よく、きっちりとできるようになった。

雑学のようにあれこれと廿楽にたたき込まれて——おそらく、廿楽の知っているメンバーの趣味とか嗜好《しこう》とかに関するジャンルだろう——いろんな知識はちょっとだけ増えたのかもしれない。しかし、そんな付け焼き刃な教養が役に立つ相手でもないのだ。

わからなければ、わかりません、と素直に言えばいい、と廿楽は言っていたけど。相手の話に興味を持って聞く態度が大切なのだ、と。詰めこんだ知識はそのとっかかりにすぎない。

かといって、「話し相手《コンパニオン》」が本当に何もかも「わかりません」では、相手もあきれるだけだ。金曜の夜。ふだん金曜は直十の出勤日ではなかったが、この日付は最初の賭のとり決めで指定された日時だった。

あらかじめ直十の「テスト」の日だと告知されていたので、今日はいつもよりクラブに足を運んでくれたメンバーは多かったようだ。

RDCメンバーは総勢で四十二名。その九割くらいが訪れていたのではないだろうか。

今日は直十もそのすべてのメンバーを、数分ずつでも接客することになっていた。そのため途中休憩をする余裕もなく、ずっと立ちっぱなし、動きっぱなしで、終わった時には足が棒になってしまっていた。もちろん常に笑顔で接客するので、頬の筋肉も凝り固まっている。

終了の十一時――その五分前がコールされ、「投票がおすみでない方はいらっしゃいませんか？」とサロンをはじめ各部屋に高埜が呼び掛けて、そして十秒前からカウントダウンされる。

時計を見ながら言った、ゼロ――という高埜の声とともに、どこからともなく温かい拍手が湧《わ》き起こった時には、放心してその場ですわりこんでしまったくらいだ。

投票方式はシンプルで、今夜は来店時にそれぞれのメンバーに一枚ずつ、通し番号をふった小さなメモ用紙が渡されていた。直十を相手に話して、あるいは合間の接客の様子を見て、○か×かをつけ、サロンのテーブルにおかれていた投票箱に入れるのだ。

投票をすませて、「次に来た時には直十くんに会えるのかなあ」とか、「これが最後にならないといいね」と微笑《ほほえ》みながら帰って行く客もいたが、やはり賭の結果が気になるのか、今日はこの時間でも残っている人数は多かった。

そしてふだんなら、クラブではおのおのがお気に入りの部屋に散って過ごしているのだが、この日のこの時間はみんながサロンに集まっているようだ。

結果を聞くために残っていた物好きは、二十数人ほどだろうか。

……あるいはお仲間である「若頭」の敗北の瞬間を楽しみたいのかもしれない。

「ひと月にわたる『若頭が挑戦する、マイ・フェア・レディ・プロジェクト』も、ついに結果発表の時を迎えました」

オーナーの口調はあえて感情を交えず落ち着いている分、どこかユーモラスでもある。

そんなイベント名までつけられていたのか…、と直十は始めて知った。

ホントになんでもおもしろがるおっさんたちだなー、とあきれるが、……しかしメンバーはみんな、いい人たちばかりだった。本当に余裕のある「大人」で。

今まで直十が出会ってきた大人はたいてい口うるさいばかりで、自分のミスを直十にまわしてきたり、自分を正当化するために直十を怒鳴りつけるようなことも多かったのだ。

……あるいはそれは、直十がずっと他人に対して斜に構えていたせいなのかもしれないけど。

もちろん「賭」のことは、あの時いなかったメンバーもみんな知っていて、バイト中はよく、からかわれたり、はげまされたりした。何気ない様子で、しかしみんな気をつけて直十を見てくれていたようで、時々、所作や言葉遣いをチェックされた。が、決してそれは嫌味や嫌がらせではなく、厳しくも温かい言葉をかけてもらったのだ。

いつになく人口密度の高いサロンで、ソファに腰を下ろしているオジサマ方の中には、最初に廿楽と会った時にいた「ご隠居」や「ドクター」の姿もある。

彼らはどんな評価をくれたのだろう？

これからもずっと、ここで働けたらいいのにな…、と、祈るような気持ちで思う。はじめに思っていた生活のため、というよりも、今は純粋にメンバーと話をするのが楽しかったのだ。

だがそれには、このテストに合格することが必要なわけだ。

不安と緊張で、心臓が本当にキューッと痛む。

「――では、開票いたしましょう」

そのオーナーの言葉を合図に、横で投票箱を手にしていた高埜がオーナーの前の小さなテーブルにそれをのせる。

投票箱にはシュガーポットくらいの小さな青いガラスの瓶が使われていた。コルクの蓋《ふた》がはまっていて、中で白い紙がカサカサと音を立てている。

一歩下がった少し横からそれを見つめ、直十はごくりと唾を呑みこんだ。ちらっと、集まっているメンバーたちの一番後ろの隅にすわっている廿楽に視線を投げる。

むっつりと厳しい顔つきだったが、直十の視線に気づいてわずかに頬を緩めてみせる。直十を安心させるように……だろうが、もともとが強面《こわもて》なので、それこそその筋の人が薄笑いしているような凶悪な人相だ。

ポン、と小さな音を立ててコルクの蓋がとられ、オーナーが指を入れて一枚ずつ、紙を引き出す。

「最初は――」

オーナーが何気ない様子で口にしてから、ちらっと直十を眺める。

直十は固唾《かたず》を呑み、サロンに集まっていたメンバーたちもわずかに身を乗り出すようにする。

「マル、一票」

静かに続けられた言葉に、直十はホッと息を吐き出した。

よかった。少なくとも、これでゼロ、というみじめな結果だけは免れたわけだ。

メンバーたちからもどこか安心したような吐息がもれ、緊張が切れたようなかすかなざわめきとともに数人が軽く拍手をくれる。

……やっぱり、頼りなく、危なっかしく見られているのだろう。

直十に好意を持ってくれていても、やはり審査は厳正で、それとこれとは話が別、というぴしっとした感覚を持つ人が多いようだった。

それぞれの中にきっちりとした「話し相手《コンパニオン》」に対して要求するラインがあって、外から見ればバカバカしいような賭も、本当に真剣に楽しんでいるのだ。

オーナーの発表に合わせて、高埜が横で小さな黒板に「正」の字をつけていく。

マルがもう一つ続き、ちょっと期待したのもつかの間、バツが三つ続いた。それからはかなり競り合うようにマル・バツが入り乱れ、直十は知らず腹の前でぎゅっと指を組んで、オーナーの手元を見つめてしまう。

結果が読み上げられるたび、サロンからも、おー、とか、あぁ…、とか言う声がもれて、さらに直十の緊張を高める。

そして、最後の一枚――。

息をつめて見つめる中、「バツ」がコールされて高埜の手で黒板に書きこまれた。

高埜の手元でだったので、最終的な結果は直十にははっきりと見えない。どちらかが圧倒的に、という感じでもなかったので、メンバーたちもそうなのだろう。

「以上です」

と、軽く両手を開いて告げたオーナーの声に、サロンが一気にざわめいた。

どっちなんだ…？　という期待と不安と好奇心。

だが、それが誰よりも気になるのは直十と――そして、廿楽だろう。

廿楽は泰然としたふりでソファに足を組んでいたが、しかしその頬のあたりにはピクピクと緊張が見える。

よほど賭に負けた時のペナルティ――カラオケだ――が嫌なのだろう。

高埜が白墨をおき、ちらっとオーナーに視線を上げてから、手元の黒板をサロンに向けてテーブルに立てて見せた。

「どっちだ…？」

「どうなったんだ？」

前の方のソファに落ち着いていたメンバーたちがわずかに身を乗り出し、後ろの方にいた人の中には立ち上がって眺める者もいる。

その中で、髙埜が静かに宣告した。

「合格、十九票、不合格、十九票。同数です」

その言葉にサロンが大きくどよめいた。

「同票かァ…」

「その場合、どうなるんだった？」

ざわざわとあちこちから疑問が出る。

「配布した投票用紙が三十八枚。有効投票三十八票。……まあ、当然、こういうケースも考えられたわけですが、そういえば同票だった場合を規定していませんでしたね」

そんな中で、オーナーが軽く顎《あご》を撫《な》でた。

直十も驚きつつ、困惑しつつ、しかし、ただドキドキと成り行きを見守るしかない。

「いいんじゃないの？　合格で。ひと月でここまでやれれば価値はあるよ。本当に一生懸命やっている感じが見えてよかったよ」

「うん。直十くんと話してると元気になるしねえ」

そんな声は、本当に泣きそうになるくらいうれしくて胸がつまる。

今まで……どれだけ自分が一生懸命やったつもりでも、それを認めてもらえることはなかったから。

「しかし賭という意味ではどうかな？　合格できなければ負けということなら、同票でも若頭はペナルティになるんじゃないの？」

口々に意見が出されるのを聞きながら、オーナーがようやく口を開いた。

「では、どうでしょう？　最後の一票を私が持つというのは？　私は今回オブザーバーの立場でいるつもりでしたから、まだ投票していませんしね」

その言葉に、ああ…、というような声があちこちでもれ、特に反対意見はないようだ。

「つまりオーナーが若頭たちの運命を握るということだね」

ご隠居がにやりとしながらうなずいた。

「そうですね…、厳密には若頭次第、ということでしょうか」

それにオーナーがどこか意味ありげに微笑んで返す。

だがそんな深いやりとりを推し量る余裕もなく、直十はただオーナーの考えで決まるのだ、という緊張で男を見つめてしまった。

「このクラブの主催者としては、メンバーの半数が直十くんを『話し相手《コンパニオン》』としてはまだまだ未熟だとお考えである以上、とても合格というわけにはいかない気がしますね」

そして静かに口に出されたその言葉に、つん…、と鼻の頭が痛いような痺《しび》れに襲われた。

——やっぱり不合格か……。

わかってはいたつもりで、しかしそんな失望感に全身が沈みこんでいく。

「けれど、直十くんを可愛《かわい》がっているメンバーはたくさんいるように思われますし、これからに期待してもいいのではないか、と」

「そうだねえ…。公正に、厳正に審査をするなら僕も不合格と言わざるを得ないけど、直十くんがいなくなるのは淋しいね」

ドクターがにっこりと口にする。

「ですから私としては、我々の道楽につきあってくれた直十くんの立場を尊重してもいいかと思うのですが」

そのオーナーの言葉にサロンから賛同の声が上がる。

しかし直十はオーナーの言葉の意味がわからず、ちょっと困惑していた。

ちらっとそんな直十を横目にしてから、オーナーが静かに続けた。

「賭では、もし直十くんが合格すればこのクラブに住みこみで働ける、という取り決めでした。ですから、もし私がここで合格に票を投じれば、直十くんは衣食住を保障されてここに住むことになります。そしてもし不合格に投じるとするならば、もう少し修業が必要だという意味で——若頭のところから通いで、このクラブに働きにくるというのはどうでしょう？　正社員待遇で、交通費も支給しますが」

「え…？」

思いがけない言葉に、直十はぽかん、と口を開けてオーナーを見つめてしまった。

一瞬、頭の中が混乱する。

つまり……、ええと、合格なら直十はここに住みこみで働ける。そして不合格なら……廿楽のところから通いで働きにこられる――ってこと？

それは、どっちに転んでも直十としてはありがたい。

いや、むしろ――。

「若頭に異存がなければ、私としては不合格に票を投じたいと思いますが……、いかがでしょう？」

穏やかな表情のまま、オーナーが廿楽に視線を投げた。ハッと我に返るように、直十も廿楽を見つめてしまう。

知らず、期待いっぱいの目になっていたのだろう。

しかしさすがに廿楽は渋い顔をしていた。それは賭の上では、廿楽の負けということになるのだ。

「合格した上で通いという選択肢はないのか……？」

「それはありませんね」

うめくように低く言った廿楽に、オーナーはあっさりと返した。

「メンバーの皆様が期待するものは若頭にもおわかりでしょう？　もちろん文句なく直十くんが合格

していれば、我々としても仕方がないとあきらめるしかなかったわけですが」

そう。つまり、廿楽のペナルティ――死ぬほど嫌がっているカラオケを、だ。

そうだ、そうだ、とはやし立てるように他のメンバーたちが楽しげな声を上げる。

「覚悟を決めたまえよ、若頭」

「往生際が悪いな」

うーあー…、としばらく苦虫を嚙み潰《つぶ》したような顔でうなっていた廿楽だったが、とうとうがっくりと肩を落として片手を上げた。

「どうやら受け入れるしかないようだな…」

瞬間、胸の中がはち切れそうなほどいっぱいに、温かく何かが溢《あふ》れかえった。

どうしようもなく涙がにじんでしまう。

やった…！　と喜んでいいことなのかわからないけど。

「では、来週の土曜でよろしいですか、若頭？　――結構。当日はクラブでも特設ステージを設けることにいたします。皆様、どうかお楽しみに」

◇

◇

多分、直十にとっては一番ラッキーな形での決着になったわけだった。

クラブでバイトも続けられるし——勤務時間とか給料とかはまた後日に委細面談らしい——廿楽のところでこのまま暮らすこともできる。

さらにその上、廿楽の「伝説の」カラオケも聴けるらしい。

うれしくて、うれしくて、本当に頬が緩むのを抑えられないままに、この夜は廿楽と一緒にタクシーでマンションまで帰ってきた。

「なっ、今日は祝杯、上げようよっ、祝杯っ！　——いてっ！」

馴染《なじ》んだ部屋に飛びこんで、はしゃいだ声を上げたとたん、がこっ、と無造作に頭が殴られる。

「な…何すんだよっ」

思わず男をにらみ上げた直十に、廿楽がぬっといかにもむさ苦しい顔を近づけてきた。

「祝杯だと？　てめぇ…、わかってんのか？　あぁ？　俺を歌わせるってのがどういう意味か？」

むっつりといかにもすごみを利かせて言われ、あ…、とようやく直十は思い出した。

結果として直十は不合格で、廿楽は賭に負けたわけで。

一週間後にはカラオケを始め、さまざまなペナルティが待っている。とてもそんな気分じゃないのは当然かもしれない。

ようやくそれに気づいて、直十はじりっとあと退《ずさ》りながら、えへへへへ…、と愛想笑いを浮かべてみる。

「でっ、でも、がんばっただろっ？　半分は合格をくれたんだしっ」

「そうだな。そしてその結果がアレだったわけだ」

あわてて訴えた直十だったが、廿楽は無慈悲に切って捨てた。

「言っといたはずだな？　もし俺を歌わせるようなことがあったら、埋めてやるって」

「う…、埋めるって……」

冗談――だよな？　確かにしょっちゅう、言われていたけど。

引きつった顔でうめいた直十に、廿楽が無表情なままにじりじりと近づいてきて、だんだんと壁際に追いつめられていく。

本気で怒ってるのか……？

男の指が伸びてきて、がっしりと顎がつかまれる。その顔を見つめながらごくりと唾を呑みこんだ直十に、廿楽がニッ、と笑った。

「シーツの中にな」

「バッ…」

絶句した直十は、知らず赤面していた。いろんな意味で恥ずかしくて。

男の手を振り払うようにして、あわてて顔を背ける。

「っとにエロオヤジだなっ。てか、そのオヤジ丸出しのクサいセリフ、脚本家のセンスとして大丈夫なのかよ？」

反射的にそんな憎まれ口が飛び出していた。

「ほーう？　どうやら今夜は徹底的にいじめられたいらしな…。あー、そうだよなあ…、合格できなかったお仕置きもしなきゃいけねぇし？　俺だけがペナルティってのも、不公平だからなァ…」

低く、いかにも凶悪に意味ありげに言われ、ぞぞぞっ、と背筋に寒気が這《は》い上がる。

しかしその寒気と一緒に、どこか甘い、疼《うず》くような感覚もじわじわとにじみ出してしまう。

廿楽とはまだ……その、一回しかしたことはなかったけど、あの時の記憶が——感覚が、一気に身体によみがえってくるようだった。

「だっ…誰もそんな……。だっ、だいたい不合格だったのは、半分はあんたのしつけの問題……——つっ、廿楽…っ？」

とっさに言い返してみるが、直十から手を離した廿楽がおもむろに直十の前で服を脱ぎ始めた。

無造作にジャケットを脱いでそのままフロアに放り出し、ネクタイを緩めてキュッと引き抜くと、シャツのボタンを外していく。

はだけた前からたくましい男の身体がかいま見えて、カーッ、と頬に血が上った。

「ふ…服…っ、そんなに放り出したら皺《しわ》になるし…っ」

「あとでおまえが片づけとけ。……ああ、家事はこれからもおまえの仕事な」

あたふたと視線を漂わせながらそんなことを口走った直十に、廿楽はあっさりと言い放つ。

そしてゆっくりと伸びてきた手が直十のパーカーを肩から落として引き剝《は》がすと、そのまま間髪入れず下のシャツが頭からすぽっと引き抜かれた。

「なっ…、おい…っ、ちょっ……──うわ…っ」

抵抗する間もなく上半身が裸に剝《む》かれ、思わずにらみ上げた直十の顎がぐっと引きよらせれる。

「んっ…、んん……っ」

そしてそのまま、唇がふさがれた。

熱い舌がねじこまれるように口の中に入りこみ、圧倒的な力で蹂躙《じゅうりん》していく。逃げ場のない舌がきつく絡みとられ、何度も吸い上げられた。

じん…、と鈍い痺れに包まれ、強ばっていた身体から自然と力が抜けていく。力強い腕に背中が引きよせられ、身体を預けるようにして、いつの間にか奪われるまま、キスに応えてしまう。

自分からおずおずと舌を伸ばして、甘くねだるみたいに絡めて。

頭の中は真っ白で、ようやく唇が離されてから、直十は自分のしていたことに気づいた。

「あ……」

キス自体、それほど経験はなかった。それもこんなに濃厚なのは…、廿楽とだけだ。

唇の端から溢れた唾液《だえき》が男の指に拭《ぬぐ》われ、なかば呆然《ぼうぜん》と顔を上げると目が合って、……反射的にバッ、とそらしてしまう。

廿楽が低く喉で笑った。

「なんだ。もう期待してるのか？」

「だっ…誰が…っ！」

思わず噛みつくように答えた直十に、甘楽がスッと指を伸ばしてきた。

「それにしちゃおまえのココは、ずいぶん可愛くとがってるけどな？」

ちょい、と男の指先が直十の薄い胸の小さな突起をつっつく。それは明らかに硬く、芯《しん》を立ててしまっていた。

「バカ…ッ、触んな…っ」

思わずうろたえて男の身体を引き剝がそうとしたが、なかばのしかかっていた体重はとてもはねのけられない。

バタバタと必死に暴れる直十の身体をやすやすと壁に張りつけるようにして押さえこみ、男の舌が喉元から胸へと唾液をこすりつけるようにしてすべり落ちた。

片方の乳首がそのやわらかな舌の餌食《えじき》になり、執拗《しつよう》になめ上げられる。たっぷりと濡《ぬ》らされた小さな粒が、男の指で無慈悲に摘《つま》み上げられ、こねまわされる。

かじるようにもう片方の乳首に歯を当てられ、びくっびくっ、と知らず身体が震えてしまう。

「やっ……、つづ…ら…っ、やめ……っ」

ジンジンと疼き始め、何か熱いものが身体の中心にたまり始めて、直十は無意識にもぞもぞと膝《ひざ》を動かしていた。

甘楽の腕の中にすっぽりと抱きこまれたまま、もう抵抗する力もなく、直十はただ身体をよじるだけだ。

「こ、こんなとこ……で……っ」

別に…、すること自体は嫌じゃない。けど、わざわざリビングでしなくても…っ、と思うのだ。もう数歩進めば寝室なのに。

「別におまえが我慢できりゃ、こんなところでイク必要はないぞ？」

しかしまるで他人事のようにうそぶいた甘楽を、直十は涙目でにらみつけた。

「我慢できてねぇのはアンタだろっ！　いい年してっ」

「そうかな？」

ニッ、といかにも悪人面で笑った甘楽が、いきなり片手をするりと直十のズボンの中に差しこんできた。

「あぁぁ……っ！」

大きな手の中に中心がつかまれ、思いの外器用な指にこすり上げられる。さらにくびれのあたりや、先端が丹念になぶられて、たまらず男の腕の中で直十は全身をのけぞらせた。知らずつま先立ちになり、こみ上げてくる快感を散らそうとする。

「あっ…、あっ……あ……、く…、ん…っ」

無意識のまま男の腕に爪《つめ》を立てるようにしがみつき、直十は必死に何かに呑まれそうになるのをこらえる。

そんな直十の表情を、じっと熱い眼差《まなざ》しで見つめられているのがわかる。

ちゅっ、ちゅっ、と濡れた音を立てながら胸に、喉に唇が這わされ、耳の中が舌でかきまわされた。

「ナオ…、直十……」

熱っぽく名前が呼ばれて、それだけで何か体中がいっぱいになる。

「ふ…、ん…、廿楽……っ」

どうしようもなく男の手に腰を押しつけるようにして、直十は男の肩にしがみついた。

男の指に先端がもまれ、とろとろと溢れ出した蜜《みつ》が廿楽の手を汚していく。濡れた指にさらに強弱をつけてしごかれ、耳たぶが甘く噛まれた。

その鋭い痛みが身体の芯を突き抜ける。

「……っ…、あぁぁ……っ！」

その瞬間、直十は男の手の中に放ってしまっていた。

「経験が違うんだよ」

くっくっ、と頭の上で笑われて、くそっ、と唇を噛む。

しかし言い返す言葉もなく、荒い息をつきながらぐったりと男の腕に倒れかかった直十は、そのまま風呂に放りこまれた。

「——なっ…、おいっ、廿楽っっ！」

そして抱きかかえられるようにして風呂に入り、体中を洗い上げられて……それだけでさらにぐったりと疲れてしまう。

うっかりとまた…、その、兆してしまったが、直十は必死にそれを隠した。

……にやにやと笑っていたところをみると、廿楽にはバレバレだったようだが。

そう。わかっていて、わざとほったらかしにされたのだろう。

中途半端なままにバスタオルにくるまれた直十は、再び男に抱きかかえられて寝室に運ばれた。廿楽の方の、だ。

そして宣言通り、シーツに生き埋めにされて、一晩中、ねっとりと愛された。

「オヤジと違って、若者は元気だなァ…」

いかにもな調子で言いながら、さんざん前と後ろを指と舌で愛撫《あいぶ》したあと、口でくわえて再びいかされる。

シーツに埋もれたまま、直十は男の腕の中であえぐだけだった。息つく間もなく与えられる快感に溺《おぼ》れ、どんな声を上げていたのかも、どんな体位をとらされていたのかも、ほとんど記憶にない。

やだ…っ、もう無理…っ、と泣きじゃくって許しをこい、ようやく解放されたのは、ほとんど明け方近かったんじゃないかと思う。

何度目かわからない絶頂へ追いこまれたあと、汗ばんだ身体を抱きしめるように男の重みがかかってきた感触だけを覚えている。

男の指がそっと目を閉じた直十の髪を撫で、頬を撫でてくる。

引き込まれるように眠りに落ちる瞬間、ヤバイな…、と声が聞こえた気がした——。


翌朝、直十が目を覚ました時、廿楽の姿はなかった。寝ていたのは間違いなく、廿楽のベッドだったけれど。

まだぐったりと身体は重く、んー…、とうなりながらも、枕元の時計を見て……うわっ、と飛び起きた。

すでに昼の十二時を過ぎている。

「……って……」

が、ずしっ、と腰のあたりを襲った痛み、というか、重い倦怠感《けんたいかん》に、ゆうべのことを否応《いやおう》なく思い出して、カッ…と頬が火照《ほて》ってしまう。

……っとに、オヤジはよー…。

ぶつぶつと内心でうめきながらも、……まあ、嫌だったわけじゃない。

今まで生きてきて、これほど近くに誰かの体温を感じることなどなかったのだ。それがこんなに安心できることだとも知らなかった。

──俺で、ホントにいいのかなー…。

と、思わないこともなかったけど。

廿楽だったら、自分じゃなくてもいくらでも寄ってくる相手はいるはずだった。女でも、男でも。

金も、地位も、名誉もあるのだ。

テストにもちゃんと合格できなかったし、つまり廿楽の期待に応えられなかったということだ。

それで廿楽は賭に負けたわけだし。

思わず、ため息をついてしまう。

まだ何も返せないけど、でもできることをするしかないよな…、と思いながら、ようやく直十はベッドから身体を起こした。

気を失うみたいに眠ってしまっていたが、どうやら身体はきれいにされていて、パジャマも着せられていた。それにちょっと、赤面してしまう。

顔を合わせるのが気恥ずかしいような気持ちで、直十はそっとドアを開けてリビングに出る。

が、そこもしん…、と静まりかえって、まったく人の気配はなかった。

──いないのか……？

首をひねりながら、とりあえず直十はキッチンの方へ歩いていった。

まあ、この時間だ。何かの用で廿楽がすでに出かけていてもおかしくはない。土曜だったが、あまり曜日は関係ない仕事のようだし。

直十も今日は引き続きクラブでのバイトの日で、入りは三時だから、ちょっと急いで食事をして支度をしなければならない。

とりあえず、コーヒー淹《い》れよう、と思って、ようやくそれに気づいた。

ダイニングテーブルの上にメモが一枚、おかれていたのだ。

『起きたら一度、来島《くるしま》に連絡を入れとけ』

そんな用件だけの素っ気ない言葉と、携帯の電話番号。来島さんのだろう。

なんだろ、と思いながらも、直十は自分の携帯からその番号に電話を入れた。

『――あ、直十くん？』

電話したものの、なんと切り出していいのかわからず、もしもし…、とだけおずおず口にした直十に、来島の方が気づいて快活に声を上げた。

「あ…、どうも。……あっ、あの、この間はありがとうございました」

そういえば来島とは、例のホテルで別れたきりだ。

『ああ…、大変だったね。あれから大丈夫だった？　問題ない？』

気安い様子で尋ねてくる。

「はい。……その、すみませんでした。ええと、その、廿楽から電話するように、ってことだったんですけど……」

『そうそう。直十くん、芝居は続けるんだよね？　だったらちゃんと基礎からできるように、養成所に入ったらどうかと思って』

思いがけない言葉に、直十は携帯を握り直した。

「おっ…、お願いします…！」

思わず声を張り上げてしまう。

そう、今の直十のいる劇団は、この間の事件でほとんど空中分解の状態だった。事件が報道され、濱下《はました》の名前がメディアに出たあとは、他の劇団員や関係者からいくつか確認や相談のような電話はあったが、誰かがこの先、中心になって続けていくような気配はなかった。まあ、その前からすでに活動停止に近かったから、このまま自然消滅という形になるのだろう。

劇団にいたといってもきちんと何かを教わっていたわけではないから、養成所に入れるのならありがたい。

『うん。じゃ、馴染みのところを紹介するから、……ええと、あさっての月曜とか、大丈夫かな？』

「はい、大丈夫です」

大きくうなずいた直十に、時間と場所を指定し、電話が切れる。

ふぅ…、と思わず、大きく息を吐いた。

これからはクラブのバイト時間も増えるはずだし、両立できるかな…、とちょっと心配になるが、とりあえずその養成所の時間割を聞いてからだろう。

このひと月。たったひと月で信じられないくらい、いろんなことがめまぐるしく変わっていくようで、自分でもうまくつかみ切れていなかったが、立ち止まっているわけにはいかなかった。

ふと時計を見ると、すでに一時近く、直十はあわてて食べ物を探して冷蔵庫を開けた。


クラブに出ると、昨日の興奮の余韻はきれいに拭いとられたかのように、いつもと同じ穏やかな時間が流れていた。

ただ直十が客を出迎えると、よかったね、とそれぞれに声をかけてくれるのがうれしい。

そして赤い扉を入った玄関ホールの掲示板には、さっそく次の土曜に廿楽の罰ゲームが行われる旨《むね》が告知されている。

『若頭ナイト。夜九時から十時までの一時間。サロンホールにて』

なんだか直十もわくわくしてしまう。……いや、自分が楽しんでしまうのは不謹慎…、というか、廿楽には申し訳ないことなのだろうが。

顔を出すかな…、と思っていたが、さすがに体裁が悪かったのか、廿楽はこの日、クラブには来なかった。

ほとんど丸一日顔を見ていないことになり、このひと月、そんなことが一度もなかっただけに、ちょっと妙な感じだ。

　とりあえずいつもと同じ時間で直十はバイトを上がり、高埜に養成所のことを話して、この先の勤務時間についてはそれを待ってから調整してもらえるように頼んでみる。レッスンが昼間の時間帯なら、毎日クラブの仕事を入れたとしても、それほど問題はないように思う。

　十時にバイトを終え、マンションに帰り着いたのは十一時前だった。

　ただいまー、と声をかけたものの、しかし部屋に明かりはついておらず、甘楽はまだ帰っていないようだ。

　家に甘楽がいないことは……まあ、ないわけではなかったがやはりめずらしく、ちょっととまどってしまう。しかも、今日はまだ顔を見ていないのだ。

　何の用だろ…、と思いながら、とりあえず風呂に入ったり、掃除をしたりしていると、ふいにカバンの中で携帯が鳴り出した。

　急いで出ると、相手は甘楽だ。

「もしもし？　どこにいるんだよ？」

　そんなふうに尋ねた直十に、ちょっとな、と甘楽は言葉を濁す。そして、「今日は帰らねぇから」と短く言った。

「えっ…、なんで？」

「打ち合わせ」

　驚いて、思わず聞き返した直十にあっさりと言うと、じゃあな、と甘楽はさっさと電話を切ってしまう。

「なんだよ…」

その素っ気なさに、直十は思わず携帯をにらんでしまった。

打ち合わせって、来島さんとだろうか……？

そう思うが、まさか確かめるわけにもいかない。

だけど、このひと月、廿楽が外泊したことはなかったのだ。顔を合わせる時間は少なくても、廿楽がこもって仕事をしている気配はずっと感じていた。

廿楽に会うまで、アパートだってずっと一人暮らしだったたし、今さらのはずなのに。

一人なんだ…、と思うと、ひどく淋しかった。

翌日の日曜も、直十がバイトに出る時間までに廿楽は帰宅せず、クラブで待ってみたが、やはり廿楽は姿を見せなかった。

仕事のあと急いでマンションに帰ると、やっと廿楽の帰ってきている気配があって、妙にホッとしてしまう。

仕事場にいるようでちょっと迷ったが、直十はノックしてみた。

なんだ？ といくぶん不機嫌そうな声がかかり、そっとドアを開いて中をのぞいてみる。

とりあえず、ただいま、と言うと、机にすわってパソコンに向かっていた廿楽が、ふり返らないままに、ああ…、とだけ答えた。

「ええと…、いそがしい？」

「見りゃわかるだろ。なんか用か？」

うるさそうに言われ、直十はちょっと鼻白んだ。

なんだよ…、とむっつりと思いつつ、知らずつっけんどんな口調で言った。

「明日、来島さんと会うから。養成所、紹介してくれるって」

一応、それを報告しておく。

ようやくちらっとふり返った甘楽が、わずかに顔をしかめるようにして聞いてきた。

「クラブの仕事と両立できるのか？」

「できるよ。っていうか、するよ」

それに直十はきっぱりと言い返す。

「あんたがこの間みたいにむちゃくちゃエロいことしなきゃなっ」

思いきり嫌味に言ってやると、ふん、と甘楽が鼻を鳴らす。

「ま、これからはおまえのガス抜き程度につきあってやるよ」

いかにも、直十の方が我慢できない子供みたいに言われ、おやすみっ！　と怒鳴るように叫ぶと、
ガンッ、と直十はドアを閉めた。

なんだか心の奥の方で、言いようのないもやもやとした気分が湧き上がってくる。

なんだろう…、いきなり放り出されたような頼りなさと、いらだちを覚えてしまう。

ついこの間まで、直十が帰ってきたらリビングに顔を出して、毎日の話を聞いてくれたのに。

賭が終わったから。もう、自分には感心がないということだろうか?

……廿楽が俺のこと、好きかどうかもわかんねぇしな……。

ちょっと自嘲気味《じちょうぎみ》に思う。

考えてみれば、別に好きだと言われたわけじゃない。カラダの関係は…、廿楽にしてみれば、単に手近なつまみ食い程度のことなのかもしれない。家においてくれてるのだって、成り行きか、便利な家政婦代わりというだけかもしれない。

……バカみたいだ。

と思う。

自分だけ浮かれていたのが、本当にバカみたいだと思った。

今まで通り一緒に暮らせるのがうれしくて。

まぶたがじわっと痛くなる。

クラブに住みこみの方がよかったのかもしれない。ちゃんと合格……できてればよかった。

今さらながらに悔しくなる。

……だが、その「今まで」の方が特別だったのだろう。「賭」の続いていたひと月が。

やっぱり仕方なく、廿楽は自分にかまってくれていただけなのだ……。

この夜はなかなか寝つかれず、起きた時はすでに十時を過ぎていた。

いつもの朝食時間はとっくに過ぎていて、あっ、と思ったが、起こされなかったということは、廿楽は勝手に自分で食べたのだろうか。

今までなら容赦なくたたき起こされていたのに。

ハァ…、とため息をつきながら起き上がってキッチンへ行ってみると、やはり廿楽が朝を食べた気配は残っていた。

そしてその廿楽は、今日も外出しているようだ。こんなに早く――廿楽の感覚では――から。

直十は今日はクラブは休みの日だったが、来島との約束がある。

午後の一時が指定されていたから、とりあえずそれに会わせて服を着替え、遅れないようにマンションを出た。

待ち合わせは街中のオープンカフェで、初めての場所に迷いつつ、約束の時間の十分前に直十はなんとかたどり着いたが、来島はすでに来ていて、テーブルにモバイルを開いていた。

「す、すみませんっ、遅くなって……！」

直十はあわてて小走りに近づいたが、顔を上げた来島が相変わらず陽気な笑顔で首をふった。

「ああ…、いや、俺が早かったんだよ。前の用が早めに片づいてね。……どうぞ。すわって」

モバイルを閉じて横のカバンに放りこみながら、来島が向かいのイスを勧めてくれる。

失礼します、とさすがに緊張しつつ、直十は席に着いた。注文をとりに来たウェイターに、考える余裕もなくコーヒーを頼み、気持ちを落ち着かせるように置かれた水を飲む。

「ええと、さっそくだけど」

来島の方はどうやらカプチーノを飲みながら、話を切り出した。

「どこの養成所とか、どこかの劇団に興味があるとか、希望があるのかな？」

「い、いえ、ぜんぜん。……その、すみません。あんまりくわしくなくて」

さすがに曲がりなりにも目指している者としてはちょっと恥ずかしくなる。しかし他の劇団の公演とか、見に行くような金の余裕も時間の余裕も、ほとんどなかったのだ。

「じゃあとりあえず、俺の勧めるところで大丈夫かなー」

「お願いします…！」

直十はガバッと頭を下げた。

「わりと有名なとこだけど、俺も…、っていうか、廿楽もよく一緒に仕事をするんだよね。昔からの馴染みも多いし」

そう言ってから、にやっと来島が意味ありげに笑った。

「でも廿楽の秘蔵っ子ってのがバレたら、ちょっと面倒かもしれないよ？」

「え…」

そんな言葉に、直十はさすがに言葉につまる。

秘蔵っ子――なんて、いいもんじゃない。家事の手間を省くための居候で、しかも、やりたくなった時に手近で間に合わせられるくらいの感覚なのだろう。

しかしかまわず、にやにやと来島は続けた。

「男の嫉妬は恐いぞ～。トー・シューズに画鋲《がびょう》を入れられないように気をつけろ」

「トー・シューズ？　ってバレエの？　舞台の稽古《けいこ》ってそんなの履《は》くんですか？」

思わずきょとんと尋ねた直十に、あう…、となった来島が額を押さえた。

「いや…。あー…、ジェネレーションギャップかぁ…。廿楽もよく話が合うな」

「……合わないかな、やっぱり」

小さくつぶやいて、直十は知らず肩を落とす。

賭が終われば、まともな会話もできない…、ということだろうか。

なにしろ二十歳近くも年は違うのだ。うっかりすると、親子と言っておかしくない年の差だ。

そもそも廿楽が本気で自分を相手にするはずもなかった…、ということかもしれない。

「ま、俺としても特別扱いはできないけどね」

そしてさらりと続けられて、直十はハッと向き直った。

「あ、はい。それはもちろんです」

思わず口調をあらため、しゃきっと背筋を伸ばしてしまった。

考えてみれば、こんな気安い口をきいていい相手ではない。……そう、廿楽に対しても、本当はダメなはずなのだ。

幸運――だと思うべきだろう。

廿楽と会って、こんなふうに自分の道を見つけられたのだから。

やはり、廿楽のマンションは出た方がいいのかもしれないな…、と思う。クラブでしっかりと働いて、「話し相手《コンパニオン》」として認めてもらえるようになったら…、もう一度、高埜かオーナーに頼んでみてもいいのかもしれない。

「……あら、くるちゃん。カワイイ子、連れてるじゃない」

と、ふいに明るい女の声が耳に飛びこんできて、直十はふっと顔を上げた。

見ると、大きなトートバッグを肩から提げた、ショートカットの小柄な女性が来島の肩をポン、とたたいているところだった。

「あれ、文香《あやか》？　こんなとこで何してんだよ？」

「うち、この近所だもん」

「そうだっけ？」

女は三十なかばくらいだろうか。化粧気がなく、来島や廿楽より少し下…、に見えるが、この馴染んだ会話だと同い年くらいかもしれない。

「新人の子？」

と、にこっと直十に笑いかけた女が来島に尋ねている。

「の、卵、ってとこかな」

来島が苦笑した。そして、直十に紹介してくれる。

「こちら、坂崎《さかざき》文香さん。デザイナーだよ。よく衣装を担当してもらうんだ。……あ、そういや、直十くん、服飾の専門学校を出てるんだってね？　今度舞台の衣装、手伝ってやってよ」

「あ、はい。……でもそんなに、うまくなかったんですけど」

「うおお！　助かるっ」

頭をかいた直十の声と、文香という女性の弾んだ声が重なる。

よろしくお願いします、ととりあえず、直十は頭を下げた。

じゃ、またね、と彼女が足早に去っていくのを見送ってから、来島が話をもどした。

「それじゃあ、……どうしようかな。明日かあさって…、そっちに直接、顔を出してくれる？　話は通しておくよ」

「わかりました。あさってでいいですか？」

あさってなら、まだクラブの仕事も入っていない日だ。

「大丈夫だよ。ここに地図もあるから」

と、カバンからチラシのようなものをとり出して、直十に手渡してくれる。実際に公演のチラシのようで、連絡先と略地図とが載っていた。

ありがとうございます、といくぶん緊張しつつ、直十はそれを受けとった。

「あとは君の努力次第かな？　……ま、ホントは俺としては廿楽の仕事がはかどるように、直十くんにはがっちり見張っててほしいんだけどね」

冗談のように言われて、直十は曖昧《あいまい》に笑って返した。

廿楽にしてみれば見張られるのはうっとうしいだろうが、実際、昼に養成所、夜はクラブでバイトなら、あまり顔を合わせる時間はなくなるのかもしれなかった。

一緒に食事をする時間もなくなるんだろうな…、と思うと、やはり少し淋しい気もしたけど。

案外、クラブで顔を見ることの方が多くなるのかもな…、とちょっと皮肉な気持ちで思う。

来島と別れて、直十は駅の側のデパートに立ちよった。デパ地下によってみよう、と思ったのだ。

今日はクラブがない日だったから——今までのとり決めで言えば、直十が夕ご飯を作る日だったのだ。

……でも、廿楽、夕飯って、いるのか……？

ふっと、考えてしまう。

このところよく外出しているようだし、外で食べてくる可能性もあるだろう。うっかり食材を買ってしまうと、ムダになるかもしれない。

迷っていたその時だった。

デパートのガラス一枚を挟んで、直十の鼻先を見覚えのある女性が通り過ぎた。

さっきの…、文香さんとかいう人だ。

手をふって小走りに行ったところをみると、待ち合わせらしい。そういえば、すぐそこは有名な待ち合わせポイントだった。

本当に何気なくそちらに視線をやった直十は、思わず目を見張った。

廿楽が——立っていた。目立つのその容姿…、雰囲気は、遠くからでも間違えようがない。

若者たちのカップルが多い、平和な待ち合わせ場所にはいかにも不似合いだ。

……いや。廿楽たちもカップルと言えるのだろう。

文香がうれしそうにまっすぐに近づいていったのは、廿楽のところだった。何を話しているのかはもちろんわからないが、二人はすぐに連れ立って歩き出した。

直十は呆然とそれを眺めてしまう。

ただでさえ…、だが、廿楽の手にしていたのはガーメントバッグだったのだ。

つまり中には着替えが入っている、ということだ。泊まる準備の。

文香が来島の知り合いだということは、もちろん廿楽の知り合いでもおかしくはない。仕事上のつきあいということもあるだろう。

……しかし。

喉がカラカラに渇いてきた。

二人の姿が視界から消えるまで見送って…、それからようやく直十は我に返った。

しばらく握りしめていた携帯を見つめ、唇をなめて、思い切って電話をかける。

呼び出し音が五回くらい鳴ってから、ようやく相手が出た。廿楽だ。

『どうした？』

無愛想な声。直十からの電話だとはわかっているのだろう。

「あ…、ごめん。今、大丈夫？」

直十は必死に何気ない様子を装って、声を押し出した。

まあな、という返事に、いくぶん早口になりつつ、直十は一気に言った。

「今日の夕ご飯…、どうするかと思って。最近、あんた、いないみたいだし。材料、買って帰るとこなんだけど」

ああ…、と廿楽が思い出したようにつぶやいた。そして息をつめて答えを待つ直十の耳に、無造作に言葉が届いた。

『いや、俺はいい。それと今日は帰れねぇから、明日の朝も必要ない』

直十は思わず、息をつめた。それでもようやくそっと吐き出しながら、必死に何気ない声を作る。

「……わかった。じゃあ」

それだけ言うと、素早く電話を切った。

やっぱり…、と思う。なぜかちょっと笑ってしまった。

あの人とは長い…、つきあいなんだろうか？　もちろん、自分とよりはずっと長いつきあいのはずだけど。

あの人がちゃんとした恋人なのか…、あるいはたくさんつきあっている中の一人、ということなんだろうか？

……そして、自分も？

タラシ、なのかなー…。

ふぅ…、と思わずため息がもれて出た。女を二、三人お持ち帰り、とか言っていたのも、案外、冗談ではなかったのかもしれない。

初めから、甘楽にしてみればそういうつもりだったのだろう。

直十のことも、ちょっと毛色の違う遊び相手で、ちょうどいい家政婦で。男なら、マンションに住まわせていても他の女にギャーギャー言われずにすむ。

そう、確かに、最初に教えて、と頼んだのは、直十の方だったのだ。

マジ、ひでぇ男だよな……。

ようやく重い足を持ち上げて歩き出しながら、直十は心の中でつぶやいた。

この先、自分以上に直十を満足させられるヤツはいなくなったわけだ、とか、勝手なことを言ったくせに。

だったら、最後まで責任とれよ……。

クッ…、ときつく唇を噛む。

あんなにとことん愛されたら…、誰だって勘違いしそうになるだろ……。

やっぱり経験豊富なエロオヤジには、自分みたいなのを引っかけるのは簡単だったんだろうな…、と思うと、やっぱり悔しくて、涙がにじみそうになる。

そりゃ…、廿楽にはいっぱい、いろんなものをもらったのだ。チャンスも与えてもらった。

本当はカラダくらい——と言わなきゃいけないいんだろうけど。

あの男のたった一人になれないのが、ひどく苦しかった……。


この週は半分くらい、廿楽はマンションに帰らなかった。それに対して、直十がどうこう言える立場でもない。

直十は強いて気にしないふりで淡々とクラブのバイトをこなし、来島に紹介された養成所にも挨拶をしてきた。クラブの方と折り合いをつけて、さっそく来週から通うことになった。

そして金曜の夜は帰っていた廿楽に、直十は高埜から頼まれていたリストを渡した。

「明日準備しておくものはこれでいいですか、って。他に何か必要なものがあれば言ってくださいってことだけど」

「あー…？」

むっつりとしたまま廿楽がそれに目を通し、カリカリと頭をかいてテーブルに放り出した。

「いいよ。別に問題はない。あとは自分で持ってくから」

どさっと疲れたようにリビングのソファに腰を下ろした廿楽の前に、直十はそっと立った。

「あのさ…」

思い切って、口を開く。

「どうした？」

いつもと様子の違う直十に、わずかに怪訝《けげん》そうに目をすがめて廿楽が見上げてきた。

「俺…、やっぱりここ、出て行くよ。クラブでバイト代もらえるようになったら、アパート借りられると思うし。その…、もう一回、オーナーに住みこみのこと、頼んでもみるつもりだけど」

必死に平静を保ったまま、直十はようやく言い切った。

ここしばらく、ずっと考えた結果だった。

結局、廿楽にしてもその方がいいだろう、と思う。直十がいれば、女を連れこむこともできないわけだし。掃除はともかく、料理は廿楽だって十分にうまい——むしろ、直十よりうまいのだ。

来島とかにはちゃんと廿楽が料理を作ってやっているみたいだから、やっぱり直十にはそんな手間をかける必要はない、と思っているのだろう。

それだけ…、どうでもいい存在だということだ。

「……なんだと？」

ぎろっ、と上がった眼差しが、おそろしく険しかった。

「だからっ！」

が、それに負けないように、ギッ、と直十はにらみ返した。

「バイト代が入るようになったら、ここから出るって言ってんだよっ！」

「おまえ…、バカか？」

しかし声を荒げて言った直十に、廿楽の冷ややかな声が降ってくる。本当にあきれたみたいな。

「バカってなんだよっ!?」

思わず、直十はわめいた。必死にこらえていた涙がにじみそうになる。

「だって…、俺、無理だよっ！　あ…、あんただって、俺がいなかったらふつーに女をここに連れこめるだろ…っ？」

「なんで俺がふつーにこの部屋に女を連れこまなきゃいけねぇんだよ？」

腕を組み、むっつりと直十を見つめたまま、廿楽が問いただす。

「俺がいるから、わざわざ外泊してるくせにっ」

「別に外泊はそういう用事じゃない」

ため息をつき、首をふって言った廿楽に、直十は嚙みついた。

「嘘つけ！　女のとこにお泊まりセット持って行ってたじゃねーかっ！」

「なんだよ、そのお泊まりセットってのは…。っていうか、何が無理だって？」

厳しい目で聞かれ、直十はそっと息を吸いこんだ。

小さく唇を噛み、わずかに顔を背けて……それでもようやく言った。

「俺は……あんたのこと、好きだけど、あんたはそうじゃないもんな」

好き——、とまともに誰かに告白するのは初めてで、頬が火照ってしまう。

しかも相手はそうじゃない、とわかっているだけに——みじめだった。

「あんたは何人もいっぺんに相手できるのかもしれねぇけど…、俺は……そういうの、無理」

「おまえな…」

悄然《しょうぜん》とうつむいた直十をしばらく見つめ、ようやく長い息を吐いて廿楽が言った。

「……明日、おまえも見るんだろ？　俺の罰ゲームは」

と、ふいに話が変わったようで、直十はとまどう。

「その……つもりだけど。……あ、でも見るな、って言うんなら、俺、その時間帯は外しててもいいよ？」

そもそもは直十が合格できなかったせいでもある。確かに自分に見られるのは不快かもしれない、と今さらながらに思いついた。

「いや、いい。見てろ」

じろっと据わった目で直十をにらみつけるようにして、廿楽が言った。

「つ…、廿楽…？」

その迫力に直十はちょっとたじろいでしまう。

「その両目をかっぽじってよーく明日のショーを見てろ。細かい話はそのあとだ」

◇　◇

そして、運命の土曜日——。

準備があるのだろう、少し早めに来るように言われていたので、この日、直十は昼過ぎにマンションを出た。

俺は八時過ぎに着くようにするから、と出がけに甘楽に言われ、直十はうなずいた。

楽しみだった甘楽のペナルティだが、ゆうべあんなふうに言われてから、何かちょっとドキドキするような、落ち着かない気持ちだった。

何か……わかるんだろうか？　甘楽のカラオケで？

あれだけ嫌がっていたのだから、見られたくない、というのならわかるのだが、よく見ておけ、というのは——。

クラブの方は、今夜はスペシャル・イベント・ナイトということで、サロンのレイアウトががらっと変えられていた。というか、直十が行った時には、変えられている途中だった。

テーブルの数をかなり減らし、ソファを奥の方に集めて、戸口に近い一角を特設ステージに作り替えるのだ。

スタンドマイクがその真ん中に立ち、頭上にはミラーボール。いつもは別の部屋にある縦長のスピーカーが設置され、小さな照明まで二カ所に用意されていて、舞台を照らし出すようにしている。

サロンの飾りつけもふだんのシックで落ち着いた雰囲気から、いくぶん安っぽいナイトクラブみたいになっていた。

――なんなんだ、これ……？

と、直十はあっけにとられてしまう。

カラオケ…、だよな？　と自分に言い聞かせながらも、想像していたのとはずいぶん違う。

直十のイメージだと、演歌でも熱唱するのかと思っていたのだ。もちろん、音楽が流せるようにオーディオセットは準備されていたが。

この日もクラブは六時から開いていたが、客が集まり始めたのは、やはりイベントを意識してか、八時近くなってからだった。

早々に来ていたメンバーたちも、会場になるサロンをちらりとのぞいて、「楽しみだねぇ…」と言いながら、他の部屋へ移っていく。さすがに今夜の薄暗いサロンでくつろぐ気にはなれないようだ。

そして八時を過ぎると、約束通り廿楽がむっつりとした顔でやってきた。

直十は別の客に対応していたので、出迎えたのは髙埜で、直十はちらっと後ろ姿が見えたくらいだった。準備なのか、何か大荷物を抱え、今日は控え室に割りふられていたサロンの廊下を挟んだ向かいの小部屋に入っていく。

そして、九時――。

「皆様、長らくお待たせいたしました」

時間を前にサロンに集まっていたのは、三十数人くらいだろうか。なかなかの人気だ。

マイクの前に立った髙埜の言葉に、歓声と拍手が送られる。

「今宵のイベントを楽しみにされていた方も多いと思います。ではさっそく、若頭にご登場いただきましょう。――どうぞ」

その合図とともに、直十は言われていた通り、サロンの照明を半分に落とし、さらにオーディオのスイッチを入れた。

聞き覚えのあるテンポのいい前奏が鳴り始めたかと思うと、薄闇の中でサロンのドアが開き、廿楽が――のはずだ――登場する。

直十もサロンの隅に立ったまま、息を呑んでそれを見つめていた。

舞台に上に立った男は、確かに廿楽なのだろう。

が、直十は思わず目を疑った。

廿楽はギラギラと光るど派手なジャケットと黒のパンツというスタイルで、往年のアイドルのヒット曲をふり付で熱唱していた。……思いきり半音外して。

テンポも微妙にずれたまま、しかし複雑で激しいジャケットアクションは完璧に決まり、それが歌声のものすごさと相まって、笑わずにはいられない。

客たちも拍手をし、時折声援を飛ばしながらも、笑い転げていた。

一曲歌い終わり、ぴしっ、と舞台の上で決まったポーズにさらに笑いと拍手が湧き起こる。

逃げるようにいったん舞台を引いた甘楽を見送って、直十はただ呆然と立ちつくしてしまった。

……なんだったんだ、あれは……？

何か見てはいけないものを見てしまったような気分だ。

しかしそっと近づいてきたオーナーに「まだまだ、これからだよ」と楽しげに耳打ちされ、まだやるのかっ？　と目を見張ってしまう。

休憩なのか、次の準備なのか、十五分ほど間をおいてから、高埜がスイッチを入れ、再び別の曲がかかり始める。やはり覚えのある、カリスマ的な古いアイドルのヒット曲だ。

もっとも直十などは、それをリアルで聞いていた世代ではない。

現れた甘楽は、全身白のスーツ姿だった。ビジュアル系バンドみたいに、うっすらと化粧もしているようだ。やはり白のパナマ帽を斜めにかぶり、今度はマイクアクションを織り交ぜながら、かなりの声量で、しかし外しまくった音程で歌い上げる。

ジャーン…！　と爆発的な音で曲が終わり、ステージでポーズを決めていた甘楽は、続けて次の曲が流れ始めるやいなや、バッ、とジャケットを脱ぎ捨てた。そのままズボンも脱ぎ始め、えええっ!?と思っていると、どうやらその下に別の衣装を着けていたらしい。

シャツも脱ぎ捨て、現れたのは全身金色のキャミソール型ボディスーツというのか。

ガタイのよさと相まって、そのすさまじい出で立ちに、客席が爆笑の渦に包まれる。

かぶっていた帽子を歌が始まるとともに客席に投げ飛ばすパフォーマンスを見せ、そのままやはり古いヒット曲を歌い始めた。

衣装のすごさで気がつかなかったが、どうやら甘楽はふだんはオールバックの髪をわずかにウェーブさせ、金色に染めているようだった。クラブに来る前にヘアサロンによったのだろう。

……いや、ここまで徹底する根性は見上げたものだ。

あっけにとられていた直十だったが、最後の方は他のメンバーと一緒になって、涙をにじませながら笑い転げていた。

もともとは高めのキーの曲だったと思うが、甘楽の響く低音で、すさまじい歌声で、しかもこのパフォーマンスは、すでに甘楽もヤケになっているとしか思えない。

それでもハイテンションで最後までやりきると、客たちからやんやの喝采《かっさい》が送られる。

さすがにハードな歌と踊りで肩で息を切らしながら、それでもマイクを握った甘楽が、じろり、とまっすぐに直十をにらみつけて言った。

「……わかってんのか？　俺はおまえのためにこんな恥ずかしいことやってんだぞっ、バカがっ」

その言葉で、あっ…、とようやく直十は思い出した。

そうだ。賭の合否が決まるあの時、オーナーは廿楽次第、と言っていたのだ。

素直に合格にしていれば、廿楽はこの恥ずかしいペナルティを回避できた。ただ廿楽が「通い」を選択したから…、不合格になったのだ。

信じてもいいんだろうか…、と思う。廿楽がここまでしてくれたことを。

……もっともこれだけ笑うと、なんかもう些細なことはどうでもよくなってしまう。

純粋に…、自分が廿楽と一緒にいたかった。

大盛況のうちにスペシャル・イベントは終了し、化粧を落とし、衣装も着替えて、ふだんの姿でぐったりともどってきた廿楽は大きな拍手で迎えられた。髪の毛だけが、明るい中で見ても抑えめの金髪で、いつものオールバックにしていてもちょっと違和感がある。

オーナーからは労をねぎらうように、リンゴジュースが一杯おごられた。

「前より踊りのキレがよくなったんじゃないの?」

「二度と見られる機会はないかと思っていたけど、三回目が楽しみですねえ…」

メンバーたちからかけられるそんな言葉に、廿楽はいかにも嫌そうに顔をしかめていたが。

どうやら以前にも一度、何かの賭に負けて歌ったことがあるらしい。

大笑いして晴れ晴れとした顔で、客たちの多くはそのあとすぐに帰っていき、十時を過ぎると、直十も上がっていいよ、と高埜に告げられた。

「あ…、でも片付けが……」

ソファやテーブルの移動とか、持ち出した備品の片づけも残っている。

「明日でいいよ。お昼過ぎに来てもらえる？」

わかりました、とうなずいて、直十はこの日、ひさしぶりに廿楽と一緒にマンションに帰ってきた。

タクシーの中で、例のカラオケを思い出しては発作的に笑い出し、運転手に思いきり引かれたり、廿楽にはいいかげんにしろっ、と怒鳴られたりしていた。

しかし本当に、ひさしぶりに大声で笑って、何かすっきりとした気分だった。

「でもあんなフリとか、よく覚えてるなー。なんか、キャラじゃないけど」

リビングでコーヒーを淹れながら、感心して直十は言った。

「むかーし、売れない物まね芸人の役っつーのをやらされたことがあるんだよ。来島のやろう、クソつまねぇ芝居を書きやがって……」

持って帰った大荷物――今日の衣装とか小道具だ――をとりあえずリビングの隅に放り出し、ソファにどさっと腰を下ろしながら、むっつりと廿楽がうめく。

どうやら廿楽と来島は、昔は役者もやっていたようだ。名前を聞くと、わりと有名な小劇団だった。よく言えば前衛的な、要するにかなりはちゃめちゃな芝居をやっていたらしい。すでに解散していて、直十は見たことはなかったが、時々、人の口に上がっているのを聞いたことがある。

「昔は人数足りなかったから、俺もいろいろやらされてたんだよ…」

いかにも渋い顔で言われ、そうだろうな…、と思いながらも、やっぱり笑ってしまう。

「でも…、すごいイイもん見たって気分だった」

ほくほくと言いながら、コーヒーを廿楽のマグカップに淹れ、テーブルに出してやった。

「直十」

顔を上げると、テーブルを挟んだ向こうから指で呼ばれ、直十はおずおずと近づく。

「あっ…」

と、いきなり腕が引かれ、男の膝にすわらされた。

とっさに逃げようとした身体が背中からすっぽりと抱きこまれる。その腕の強さと熱に、ドクドク…、と心臓が大きく鳴り始める。

「それで？　この一週間、おまえは俺が女のところに泊まってると思ってたわけか？」

耳の上の髪がかき上げられ、指先を毛先に絡めるようにして遊びながら、いかにもねっとりと聞かれる。

「だって…、文香さんて人と歩いてただろ？　着替え持って」

「おまえ、文香を知ってんのか？」

ぶすっとした顔でうめいた直十に、廿楽がちょっと驚いたように聞き返す。

「来島さんに紹介されたんだよ。たまたま会って」

ふぅん、と鼻でうなった廿楽が、ハァ…、とため息をついた。

「あのな…、文香とはこの一週間、何度も会ってたけどよ…。別にあいつの家に泊まってたわけじゃねぇぞ？」

「じゃ、何の用だったんだよ？　舞台の仕事？」

来島はそんなことは言っていなかったけど。

思いきりうさん臭そうに聞いた直十に、廿楽はあっさりと言った。

「衣装、直してもらってたんだよ」

くいっ、と部屋の隅に放り出されていたさっきの荷物を顎で指す。

「前に着てた時より、ちょっとばかりきつくなってたからな。俺ももちっと運動しねぇと。それと、化粧のレクチャーを受けたりな」

あ…、と直十はそれに目をとめた。たくさんの荷物の中のガーメントバッグ。

そうだ。あの日、持っていたのも同じやつだった。

「え…、じゃあ、時々、どこに泊まってたんだよっ？」

「ホテル」

「なんでわざわざっ!?」

思わず廿楽の首を絞める勢いで、直十は問い詰める。

「ま…、なんだ、それはな……」

それまで後ろ暗い様子もなくピシリと答えていた廿楽が、始めて視線をそらせる。

「なんだよ…？　ラブホとかなのか？」

「ふつーのビジネスだって。仕事してたの。カンヅメだよ」

「なんでここでできないんだよ？　ていうか、来島さん、そんなにせっぱ詰まってなかったぞ？」

じろっと男の目をのぞきこむようにして詰めよった直十に、甘楽が腹から息を吐いた。

そっと伸びてきた手が直十の頬を、前髪を撫でる。

「なんかヤバイなー、と思ってさ…。歯止めがきかなくて……、こないだもちょっと暴走気味だったからな」

苦笑するみたいに甘楽がつぶやいた。が、直十にはなかば意味がわからない。

「暴走…？」

「俺はよってくる女は多いけどな」

「あっそ」

「ふられるのも、たいてい俺の方なんだよな」

「……そうなのか？」

意外だ。思わず探るみたいに甘楽を眺めてしまう。

「なんつーか、惚《ほ》れるとね…、とことんかまいたくなるんだよな。毎日料理作ったり、時間があるとずっとくっついて話しかけて…、それがうざがられてな」

「俺にはあんまりかまってくんねぇくせに」

ちょっとむすっとして口をとがらせた直十の頬を、甘楽が指でつっついた。

「だから、おまえには我慢してたんだって。女で嫌がられてんのに、おまえは男だしな。……それにおまえ、あんまり甘えてこねぇし？」

「そんなの…、……そんなやり方、知らねぇから」

直十は知らず視線をそらして、もそもそと言った。

誰かに意識して甘えたことなどなかった。甘えられる相手もいなかった。

母親の前では、心配させないようにしっかりといい子を演じるしかなくて。

人も世間も、ずっと突っぱねて生きていくやり方しか知らなかったのだ……。

ふっ…、とふいに吐息で甘楽が笑った。

「おまえなら、とことん甘やかしても大丈夫なのかもな…。すげぇスポイルしそうで恐かったんだが。いろんな可能性を潰しそうで」

そんな言葉に、きゅっとつかまれるように胸が痛くなる。

「甘楽は甘くないだろ…。よく殴るし、怒鳴るし」

妙に恥ずかしくなって、小さくうめく。

「あんなに可愛く告白されたのは初めてだしなぁ」

思い出したようににやにや言われて、カーッと頬が熱くなる。

ゆうべの——だろう。期せずして口走ってしまった。

「あっ…、あれは……っ」

思わず男の身体を突き放そうとしたが、不安定な体勢のまま、さらに腰が引きよらせれる。うなじのあたりで首が固定され、もう片方の手で顎が押さえこまれた。

「俺に愛される覚悟はいいのか？」

にやっと笑って、そんな言葉で聞かれて。

本当に頭のてっぺんまで血が上ってしまう。

「だから、そのオヤジのセリフはヤバイって…！」

本当に脚本家生命が心配になる。だけど面と向かって言われると、身体がとろとろと溶けそうな気がした。

「いーんだよ。一度はしらふで言いたいオヤジたちは共感してくれるんだからな。ハードボイルドだろ？」

そううそぶくと、甘楽の手が直十のシャツのボタンを外し始めた。あっという間に前がはだけられ、するりと背中に片手がまわされて撫で上げられる。

「あっ…」

ざわっと皮膚を走った刺激に、直十は男の膝の上で身体をのけぞらせた。伸び上がった前がさわり、ともう片方の手のひらで撫でられ、小さな突起が容赦なく指で押し潰される。

「あ……ん…っ…、——や…っ…、やめ…っ」

疼くような感覚から逃れようと無意識に身体をひねる直十の顔を見つめながら、男の指がさらに芯を立てた乳首を爪で弾くようにしていじりまわした。

「こんなにちっちゃい乳首がそんなに感じるのか？　ん…？」

「は…ぅ…、あぁ……っ」

いやらしく言われた言葉に身体がさらに熱くなり、たまらず前屈みに倒れかかった直十のズボンのボタンが外されて、わずかに浮いた腰から下着ごと引き剝がされた。

膝までずり落ちていたのが、赤ん坊みたいに腰を片腕で持ち上げられ、そのまま床へ落とされる。

「バカ…っ、やめ……っ」

必死に抵抗したが、巧みな男の指に前が握られ、さらに谷間にすべりこんだ指に後ろの襞《ひだ》がなぶられて、たまらず腰が揺れてしまう。

「あっ…あっ……あ……」

ゆっくりと指が一本、身体の奥に差しこまれ、直十は無意識にギュッと締めつけてしまった。

「ナオ…、キスしてみろ」

両膝を男の足の間に立て、なかば男の肩に顔を埋めるようによりかかっていた直十は、耳元でささやかれてようやく顔を上げる。

いかにも恐そうな――でも優しい、意地の悪い笑みを浮かべて、甘楽が鼻先を直十の頰にくっつけてくる。

熱い息を吐きながら、直十はわずかに身体を伸ばし、そっと男の唇に自分の唇を重ねてみる。

触れ合わせるだけのキスに、廿楽が低く笑った。

「お子様だなー」

そっと伸びてきた舌が直十の唇をなめ、あっという間に隙間《すきま》を割って入りこむと、直十の舌を絡めとってしまう。

「ん…っ、あ……、あぁ…っ、ダメ……っ！」

唾液を溢れさせながらキスをくり返す間に、前後をなぶる男の指が激しく動き始め、じわじわと直十を追い立てていく。後ろを押し広げる指は二本に増えて、熱く疼く中を大きくかきまわした。

直十は男の肩に両手をかけ、どうしようもなく下肢を揺すって快感を追いかける。

濡れて敏感になった先端が指の腹できつくもまれ、後ろの感じる部分が指先でこすり上げられて、両方の指だけで直十はあっという間にいかされてしまった。

「……っ…、くそ……」

びくびく…、と腰を震わせながら男の手の中に出してしまい、直十はちょっと悔しさに涙をにじませる。今さらにシャツ一枚に剝がされた自分と、ほとんど乱れていない廿楽の差に歯がみする。

「まだまだ…、こんなのは前戯《ぜんぎ》のうちにも入らねぇぞ？」

「なん…だよ……、アンタだって欲しいくせに…っ」

余裕たっぷりに喉で笑った男に、ほとんどやけくそに言い返しながら、直十は男のベルトを力任せに外すと、ファスナーを引き下ろした。

下着越しにも存在感のある男のモノが目の前に現れ、思わず息を呑んでしまう。

「ほう？　俺のやんちゃ坊主をどうしてくれるんだ？」

にやにやといかにも楽しげに言われ、ムッと男をにらみ上げてから、直十はおそるおそる手を伸ばした。

「わ…っ」

ボクサーパンツを引き下ろすと、すでに反応を見せていたモノが目の前に飛び出してくる。

あからさまに目の前のそれを眺め、さすがに顔が赤らんでくるようだった。

ちろっと様子をうかがうみたいに上目遣いに廿楽を見てから、意を決して顔を近づける。舌を伸ばし、先端を軽くなめてみた。抵抗はないが、恥ずかしい。

「おいおい…、くすぐってぇな…」

廿楽が喉を鳴らすように笑い、片手で直十の顎を引きよせた。

「ん…っ、……あ……」

そして濃厚なキスを与えられてから、直十の手に廿楽の中心が握らされる。

「わかるか…？　こいつがおまえの中に入って、一番深くまでおまえを味わっていくんだ」

「あ……」

耳元で低い声で言われて、どく…っ、と体中の血がたぎる気がした。手の中のモノがさらに熱く、硬くなっていくようで、生々しくて。

「いいのか？」

ぴったりと額を合わされ、目の中をのぞきこむようにして聞かれる。

それを見つめ返しながら、うん…、と直十はうなずいた。

心が震える。うれしくて…、泣きそうになる。

廿楽が好きだった。会えてよかった。あの時、廿楽がじゃんけんに負けて——引き取ってもらえてよかった……。

そうか…、と廿楽がつぶやいた。そしてにやりと笑う。

「言っただろ…？　マジで覚悟しろよ」

獣みたいに舌なめずりしてそう言うと、男の手がいきなり直十の腰を抱え、ソファへうつ伏せに放り出した。

「なっ……——わっ…！　なに…っ？」

とっさにふり返ろうとした肩が押さえこまれ、腰だけが引きよせられて、両足が無造作に広げられた。手のひらでやわらかな山がもまれると、そのまま指で谷間が押し開かれる。

さっき男の指をくわえこんだ場所に今度は舌先がねじこまれ、抵抗もできないままになめ上げられた。襞に唾液がこすりつけられ、溶けきったところにいやらしく濡れた音をたててキスが落とされる。

「あ……」

そんなところを見られていると思うだけで、目の前が真っ赤に染まった。

「バカ…っ、こんなとこですんな…って……！」

「甘いな」

こらえきれずに声を上げたが、鼻で笑い飛ばされた。

「家中、どこででも…、おまえを愛してやるのに不都合な場所はないぞ？　これからはキッチンでも背中に気をつけるんだな」

「何、えらそーに言ってんだよっ、ヘンタイっ！　キッチンなんかでやったら、ぶっ刺してやるからなっ！」

思わずわめいた直十に、そりゃ恐い、と廿楽はおどけた口調で返してくる。

「そのうち、裸エプロンでねだってくるくらいメロメロにしてやるさ」

「絶対ねぇからっ！　——あっ……」

叫んだ直十だったが、指で押し開かれた後ろに舌先が差しこまれ、甘く全身を侵していく快感に無意識に指がソファの座面を引っかく。ぐちぐち…と濡れた音が耳につき、突き出した腰が恥ずかしく小刻みに揺れてしまうのがわかる。

前にまわってきた男の手に中心が握られ、軽くしごかれただけでポタポタとソファに蜜を滴らせてしまう。

「……やっ、つづ…ら…、もう、それ……やめ……っ」

泣きそうになりながら、必死に訴える。

「嫌なのか？　じゃあ、何がいいんだ？」

溶けきった襞の表面を指先でかきまわしながら意地悪く聞かれ、直十はどうしようもなく唇を噛む。

「もっかい、指でイクのか？」

続けて聞かれ、あわてて首をふってしまう。

そっと背中で吐息だけの声が笑うのがわかった。そして耳元で、内緒話でもするようなほんの小さな声が尋ねてくる。

「……俺のが欲しい？」

指先でうなじの髪が撫でられ、疼いてたまらない場所に何か……硬い先端が押しあてられる。

ドクッ…、と大きく心臓が打った。カーッと頬が熱くなる。

「欲しいか、ナオ？」

もう一度聞かれ、とろっと身体の中で甘く何かか溢れ出す。

ソファについた両腕に顔を埋めたまま、直十は何度もうなずいた。

「——ふ…、あ…、あぁぁぁ…………っ！」

そして次の瞬間、身体の奥まで熱い塊がねじこまれた。

一瞬の痛みのあとで、渦を巻くような快感が迫ってくる。腰が強くつかまれ、そのまま何度も突き上げられた。

揺さぶられるまま、自分でもわからないままにあえぎながら、直十は腰を振り乱してしまう。

男の熱い息遣いが背中にかかり、食らいつくされているようで、激しく抱きしめられているようで
——熱い悦びが体中に満ちてくる。

「——いく…っ…、も……いく……っ」

無意識に声を上げた瞬間、いきなり腰が引かれ、男の膝の上に背中から抱き上げられていた。

「あぁ…っ、な…っ、——あぁぁぁ……っ」

そのまま自分の体重で一番深くまで貫かれ、大きく身体がのけぞった。しかし容赦なく廿楽の腕が直十の両足を持ち上げ、何度も腰を突き上げるようにして揺すり上げる。

先端から蜜を溢れさせた自分のモノが目の前で大きくそり返し、反射的に目をそらしたまま、直十はそれを自分の手で慰めようとした。

「ダメだ」

が、男の指が直十の手を押さえこみ、両手を拘束したまま、さらに腰をひねるようにして激しく使われた。

下肢へ打ちよせる快感が意識も、理性も、意地も、何もかも濁らせていく。

「や…だ…っ、やぁ…！　廿楽…っ、廿楽……っ。して……っ」

どうしようもなく泣きながらねだった直十に、ようやく男が手を伸ばして前を慰めてくれる。

「いいっ、いいっ、いい……っ、——あぁっ…、いい……っ！」

きつくこすり上げられ、自分でも何を口走っているのかわからないまま、直十は達していた。

荒い息をつきながら、ぐったりと男の腕の中に倒れこむ。

「こりゃ…、たまんねぇな……」

やがて背中でため息をつくように廿楽がつぶやいたかと思うと、身体が抱き起こされ、抱き直されて、寝室へ運ばれた。

どうやら中へ出されていたようで、その拍子にフローリングの床へ、そして自分の太腿《ふともも》にも中に入っていたものが滴り落ちて、直十はうろたえてしまう。……自分のせいでもないのに。

「ばかっ！　この間と同じだろっ!?　また暴走するつもりかよっ！」

ベッドに放り出され、必死にわめいた直十に、いーや？　と廿楽がようやく自分の服を脱ぎながら言った。

「今日の俺は理性的だぞ？　どうやっておまえを可愛がってやれば一番喜ぶのか、常に考えながらやっている」

そんな優しげな言葉がよけいに寒気を覚えさせる。

「オヤジ、しつこすぎっ。エロすぎっ」

「ガキの方が体力なくてどうする。そんなんじゃ、舞台でもたねぇぞ」

とっさに枕を腕に抱き、なけなしの盾のようにしながら声を上げた直十に、男はあっさりとその枕をむしりとり、直十の身体を囲みこむみたいにしてのしかかってくる。

「カンケーねーだろっ！」

「あるある。……ああ、俺も運動して身体を絞らなきゃいけねぇし」

「明日っ！　明日！　昼過ぎにクラブに片づけ行くんだからっ！　起きられなかったら、廿楽のせいだって髙埜さんに言うからなっ！」

とっさに思い出して投げつけた髙埜の名前に、ようやく渋い顔でチッ…、と廿楽が舌を打った。

「仕方ねぇ…。ちっとだけ、手加減してやるよ」

「ちょっとだけ…？」

おそるおそる聞き直した直十に、廿楽がほんのちょっとな、と無慈悲に言ってのける。

「もっとも」

と、思いついたように廿楽が顎を撫でた。

「おまえの方から可愛く、ダメッ、やめないでっ、抜いちゃいやっ、……っておねだりされたら、いくら紳士な俺でもちょっと我慢できねぇかもしれねーけどな？」

「言わねーよっ！」

真っ赤な顔で嚙みついた直十に、そうかねぇ…？　と顎を撫でながら廿楽がうそぶく。

「ま、俺もアレをやると、そのあと三日はたっぷり落ちこむんでな…。その分慰めてもらわねぇと、割りがあわねぇんだよなー」

アレ、というのは、カラオケのことだろうか。

それを言われると、直十としても責任の一端を感じないわけにはいかない。
クラブと芝居と。そして、エロオヤジと。
両立するには、まず体力が必要なようだった——。

end.

あとがき

……というわけで、ＲＤＣ、新しいシリーズとなります。

今回はオヤジばっかりのクラブもの、「オヤジクラブ」を書こう、という勢いで始めたわけですが、１回目のこれを書いている途中で、根本的、構造的な失敗に気づいてしまいました。そうなんですよ、オヤジといえば、私の中では基本、攻めです。しかしオヤジクラブだとオヤジしかいないわけなので、クラブ内恋愛のバリエーションができないっ…！（でなければ、オヤジ同士のシニアラブに…）わけなんですよね。しかも受け視点で話が進む場合、受けがオヤジでなければクラブの中のことを説明することもできないという…。しかし私の中では、オヤジ受けのハードルは高すぎるのです。

ですので、このシリーズは「クラブもの」であるにもかかわらず、クラブ内恋愛はおそらく最後の１組だけになるんじゃないかと思われます。そういうのを期待されていた方には大変申し訳ありません。

そんなわけで、この１本目。そして、基本は外からクラブを見た受け視点になります。プルになるのかな。「若頭」廿楽《つづら》と直十《なおと》くんです。シリーズ中では一番若い、私のお話の中でも若い方のカップルですが、案外可愛いカップルですね。イラストの通り、いかにも強面の若頭ですが、雑誌では賭の結果まで行かなかったのですが、今回の書き下ろしでそちらの方もわかります。ええ、若頭のカラオケも（笑）。かなり年の差の二人ですが、基本的にはこのシリーズは年の差カップルが多くなりそうですね。そしてどのカップルも、基本的には攻めが受けを可愛がりまくるお話になりそうです。その可愛がり方のバリエーションでしょうか（どんな…？）。ともあれ、さまざまなオヤジたちをお楽しみいただければうれしいです。

今シリーズ、イラストをお願いしております亜樹良《あきら》のりかずさんには、いつも迷惑をおかけしておりまして本当に申し訳ありません。カッコ可愛い直十くんもですが、若頭！迫力のあるオヤジっぷりに、おおお…！と思わず声を上げてしまいました。本当にありがとうございました。そして編集さんにも最近輪をかけてお手数をおかけしております…。なんとか踏ん張りたいと思いますので、懲りずによろしくお願いします。

そしてこちらを手にとっていただきました皆様にも、本当にありがとうございました！次回登場するオヤジは「ご隠居」です。今回とはがらっと雰囲気の違う、ちょっと大人めの二人ですね。また次回、おつきあいいただければありがたいです。

それではまた、お目にかかれますように——。

6月　……と言えばヤマモモ。一瞬の味覚です。今年は食べられるか!?

水壬楓子《みなみふうこ》

初出
RDC —レッド ドア クラブ— ——— 2010年 小説リンクス6月号を加筆修正
ペナルティ ——— 書き下ろし

LYNX ROMANCE

エスコート

水壬楓子 illust. 佐々木久美子

898円
（本体価格855円）

「こんな男のガードにつくのか?」時間に遅れて現れた依頼人にユカリは息を呑んだ。人材派遣会社『エスコート』のボディガードセクションに所属するユカリは、クリスマス・イブに莫大な遺産を継ぐ志岐由柾という男の護衛に任命された。初めての大きな仕事に気合十分なユカリだったが、ユカリを子供扱いする、ぞんざいで非協力的な態度の志岐に不安と反感を抱く。遺産相続日までの二週間、二人は生活をともにするのだが――!?

LYNX ROMANCE

クライアント

水壬楓子 illust. 佐々木久美子

898円
（本体価格855円）

人材派遣会社『エスコート』に所属するボディガードの鞠谷希巳は、ダン・サイモンのボディガードとしてアメリカに赴いた。迎えにきたのはダンの養子であるジェラルドで、鞠谷の美しい養子から本当にボディガードなのか、ダンと恋愛関係にあるのではないかと疑っていた。一緒に過ごすうち二人の関係は修復され、距離が縮まっていくが、実は鞠谷とダンとの間には秘められた理由があり…。大人気『エスコートシリーズ』再始動!!

LYNX ROMANCE

ラブシーン

水壬楓子 illust. 佐々木久美子

898円
（本体価格855円）

人気俳優・瀬野千波と、時代劇役者の片山依光は同居人兼セックスフレンド。二人の関係は、つきあっていた男に千波が手酷く捨てられた6年前から続いている。甘やかしてくれる依光を本当の恋人のように思えることもあるが、失恋の傷は深く、千波は本気の恋を恐れていた。そんな折、千波に映画出演の話が舞いこむ。好きな監督の作品だったので喜んで出演を決めた千波だが、千波を捨てた男・谷脇も出演が決まっていて――!?

LYNX ROMANCE

クランクイン

水壬楓子 illust. 佐々木久美子

898円
（本体価格855円）

暴行、拉致、監禁――スキャンダラスな事件の被害者となった俳優の瀬野千波は、日本を離れてアメリカで演劇を続けていた。完全に立ち直るまでは会えない――そう心に決め、恋人である時代劇役者の片山依光と会わないまま約2年。ところが映画の準主役に抜擢され砂漠での撮影が進む中、突然依光がやってきて…!? 傲慢な映画監督・木佐と美貌の人気俳優・野田の掌編も収録。

LYNX ROMANCE
スキャンダル
水壬楓子 illust. 高座朗

898円
(本体価格855円)

養護施設で孤独に暮らしていた中野佑士は、セックスの相手をするかわりに不自由のない生活を手に入れる――そんな取引で代議士・秋津祥彰の養子となった。無垢な身体を開かれ蹂躙されながらも、どこかやさしい祥彰の腕に佑士の心は癒されていく。祥彰との生活にも馴染み始めていたある時、佑士は祥彰の政敵に誘拐されてしまう。見知らぬ男達から輪姦・陵辱され、佑士は祥彰の政治生命を断つために嘘の証言を迫られるが…。

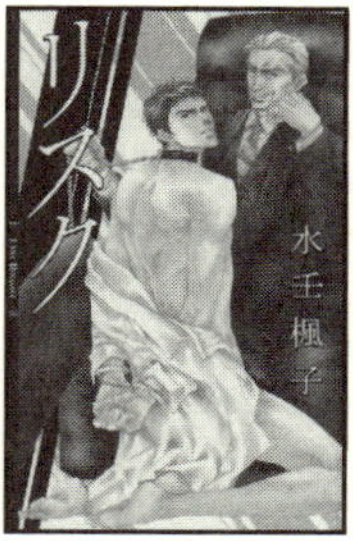

LYNX ROMANCE
リスク
水壬楓子 illust. 高座朗

898円
(本体価格855円)

捜査二課に身を置く城島高由は、政財界に影響力を持つ政治家の久賀清匡と8年前から身体の関係を持っていた。愛されている実感も持てない愛人という立場――進展のない二人の関係に心痛を覚え始めた城島は、誘われるがまま、上司でキャリアの管理官・高森一穂を抱いてしまう。その後も誘いを受け、好意を向けられるが、片時も久賀のことが頭から離れずにいた。そんな中、城島は久賀が他の男を抱いたことを知ってしまい――!?

LYNX ROMANCE
コルセーア 上 下
水壬楓子 illust. 御園えりい

898円
(本体価格855円)

モレア海を制する海賊・プレヴェーサで参謀を務める硬質な美貌のカナーレは、視力を失った蒼い瞳の奥に凄惨な過去を秘めていた。ある日、某国から使者が訪れたことで、自分の過去に周囲を巻き込む不安が募り、カナーレは下船を決意する。しかし寄港地で船を降りた彼は、プレヴェーサの艦隊司令官であるアヤースに見とがめられ、連れ戻されてしまう。以来、カナーレを逃そうとしないアヤースに夜ごと抱かれるようになり――。

LYNX ROMANCE
統《す》べる者《もの》たち～コルセーア外伝～
水壬楓子 illust. 御園えりい

898円
(本体価格855円)

モアレ海を統べる海賊、プレヴェーサの総領・レティ。保養地のあるサヌアを訪れたレティは、かつて、父とカラブリア国王との突然の決別により、離ればなれになっていた年上の友人、王太子のセラがこの街に滞在していると知る。彼のいる館に忍び込んだレティだったが、5年ぶりに会ったセラにせがまれ、プレヴェーサの艦を見せることに。しかし、命を狙われているから、カラブリアまで艦に乗せてほしいとセラが言い出し…!?

この本を読んでの
ご意見・ご感想を
お寄せ下さい。

〒151-0051
東京都渋谷区千駄ヶ谷4-9-7
(株)幻冬舎コミックス　小説リンクス編集部
「水壬楓子《みなみふうこ》先生」係／「亜樹良《あきら》のりかず先生」係

リンクス ロマンス

RDC ―レッド ドア クラブ―

2011年6月30日　第1刷発行

著者…………水壬楓子《みなみふうこ》
発行人…………伊藤嘉彦
発行元…………株式会社　幻冬舎コミックス
〒151-0051　東京都渋谷区千駄ヶ谷4-9-7
TEL 03-5411-6434（編集）
発売元…………株式会社　幻冬舎
〒151-0051　東京都渋谷区千駄ヶ谷4-9-7
TEL 03-5411-6222（営業）
振替00120-8-767643
印刷・製本所…共同印刷株式会社
検印廃止

ISBN978-4-344-82256-6 C0293
Printed in Japan

幻冬舎コミックスホームページ　http://www.gentosha-comics.net